「ふふ」
マニシアは嬉しそうに目を細めている。
Ryuta Kijima
木嶋隆太
illustration
さんど
最強タンクの迷宮攻略 7

「メロリア、様？」

「わ、私も……これは苦手です」
ルナも昔挑戦したときのように、
舌で少し舐めて顔を渋い表情にしていた。

「リリアがリリィのお願いを断るなんて、珍しいな」

「私にあれこれと
可愛(かわい)い服を着せようと
してくるから……」

『……ルード。あなたは優しすぎます』
メロリア様の翼に力がこもった、
次の瞬間。
同時に振り抜かれたレイピアに
大盾を合わせて受け止める。

INTRODUCTION

冒険者たちの指導者に

ルードたちのもとに、ある一通の手紙が届く。
それは、ルードたちに**見習い冒険者たちの**
指導者をしてほしいというものだった。
そして、その手紙の送り主が、かつてルードがお世話になった
貴族ということもあり、ルードは快く引き受けることを決める。
ルードたちは冒険者ランクが低かったため、
一度冒険者ランクをあげるために依頼を達成し、
迷宮都市から迎えが来るのを待っていた。
迎えが来る日、**アバンシア**にやってきたのは、
ルードと**マニシア**がかつてお世話になった
メロリアという公爵家の女性だった。
久しぶりの再会に驚きながらも、喜んでいたルードは、
彼女とともに迷宮都市へと向かう。
新人冒険者たちへの指導を開始したルードたち。
問題なく、それらをこなしたルードたちはその日の夜の晩餐会に
参加したのだが、そこである人物と出会った。
それは、かつて共にパーティーを組んでいた**元勇者のキグラス**。
彼もまた、迷宮都市にして冒険者たちの指導を行っていたのだった。

最強タンクの迷宮攻略 7

木嶋隆太

ヒーロー文庫

最強タンクの
迷宮攻略
7

illustration
さんど

イラスト／さんど
装丁・本文デザイン／5GAS DESIGN STUDIO
校正／吉田桂子（東京出版サービスセンター）
DTP／天満咲江（主婦の友社）

この物語は、小説投稿サイト「小説家になろう」で発表された同名作品に、書籍化にあたって大幅に加筆修正を加えたフィクションです。実在の人物・団体等とは関係ありません。

プロローグ　対策

モーとの戦いを終え、無事アバンシアへと戻ってきてからは、特に大きな問題もなくマニシアとの楽しい日々を送っていた。

とはいえ、魔界での問題がすべて解決したわけではない。

モーが抱える問題を、どうにかしてあげないとな。

……現状は何も作戦が思い浮かんでいない状況ではあったのだが。

そちらについても考えつつ、俺は今日もマニシアとルナとともにアバンシア迷宮へと来ていた。

まだ朝早い時間だ。

この時間に活動している冒険者というのはほとんどいないため、人目を気にしなくていいのはありがたい。

マニシアは可愛(かわい)いからな……。変な冒険者に見つかると絡まれる可能性もあるからな。

「マスター、今日は何階層に行きますか？」

アバンシア迷宮の一階層に到着したところで、ルナがそう聞いてきた。

「一階層でいいんじゃないか？」
たまに早起きの冒険者が一階層に来ていることはあるが、今日はそれもいないようだ。
一緒に来ていたマニシアが、ちらと周囲を見てから微笑を浮かべる。
「そうですね。人もいないようですし、ここで始めましょうか」
そう言ってマニシアはすぐに魔法の準備を始める。
これからマニシアがやるのは、魔力を溜め込まないように放出する作業だ。
もうこれまで何度もやってきていることもあり、彼女の動きに、迷いはない。
最近では、魔法を使うことに対して自信も出てきたようだ。
いい傾向だと思う。
マニシアが魔法を完璧に制御できれば、それだけマニシアの安全も確保される。
俺としても、今まで以上に気軽に冒険へ行くことができる。
いやでも、マニシアの笑顔が見られないのであまり気軽に、ではないな……。
ルナとともに眺めていると、マニシアの視線がこちらを向いた。
「それじゃあ、やりますね」
準備完了のようだ。
マニシアの言葉に合わせ、俺たちは衝撃に備える。
そして、マニシアの体から魔力が放出される。

放たれたのは火魔法だ。そして、爆音が響いた。

マニシアはどうにも火魔法が得意なようだ。激しい爆発は、アバンシア迷宮の第一階層の地面へ放たれ破壊する。

……凄まじい威力だ。

迷宮というものはかなり頑丈だというのに、それを破壊するとは……。

すぐに迷宮は自動で修復されるので良いが、外でおいそれと放っていい魔法ではない。

魔法による爆風に髪を押さえながら、彼女はどこか満足げな表情を浮かべている。

そんなマニシアに近づきながら、声をかける。

「今日も絶好調だな」

「はい。魔法はもうずいぶんと慣れましたよ」

と言って、マニシアはこちらをじっと見てくる。

どうしたんだろうか？

そう思っていると、彼女の視線は少しだけ厳しくなる。

「兄さん。今日は頭を撫でてはくれないんですか」

「……ああ、そういうことか」

どうやら、それを待っていたらしい。

見事な魔法を使ったマニシアを褒めるため、俺はその頭をゆっくりと撫でる。

お兄ちゃんとしては、甘えてくるマニシアは可愛(かわい)いのでいくらでも撫(な)で散らかすつもりだ。

「ふふ」

マニシアは嬉(うれ)しそうに目を細めている。これで笑顔になってくれるのであれば、今日はもうずっと撫でていたい。

そんなことを考えていると、視線を感じた。

ルナからだ。

「……」

ルナがじーっとこちらを見てくる。

どこか羨ましそうな様子にも見える。

……どうしたのだろうか？

そんなことを考えていると、ルナがこちらにやってくる。

「ま、マスター。私も何かやりましょうか」

「……え？　いや大丈夫だぞ」

「そ、そうですか……」

しゅんと落ち込んだ様子をみせる。

「兄さん。ルナさんも頭を撫でてほしいんですよ」

「……あっ、そうだったか。えーと――」

それで、何かして、頭を撫でてもらうための条件を満たそうとしたわけか。

といっても、ルナにお願いするようなことは何もないしな、どうしようか。

悩んでいると、ルナが慌てた様子で首を横に振る。

「い、いや……別に特に私、そういった理由ではありませんから……」

「あっ、そうでしたか？　兄さん、そうではなかったみたいです」

マニシアが意地悪っぽく言うと、ルナは慌てた様子をみせた後、上目遣いにこちらを見てくる。

「……マスター、私も撫でてほしいです」

ルナの言葉に、俺とマニシアは顔を見合わせ、苦笑する。

俺たちの様子にルナが少しむくれた表情を浮かべていたが、俺はすぐに口を開いた。

「わかったわかった」

これくらいなら、いくらでもやろう。

ルナには色々とお世話になっているわけだしな。

彼女のほうに近づき、少し緊張している様子のルナの頭を撫で始めた。

はじめは少し強張(こわば)っていたが、慣れてくると落ち着いた表情になる。

「……ふう」

とても満足そうである。

ルナを撫でるのは続けながら、俺はここに来た本来の目的について確認するため、マニシアを見る。

「マニシア、体はどうだ？」

「はい。まったく問題ありませんね。魔法も絶好調ですし」

確かに、な。

今の調子を維持できるようなら、問題はないだろう。

「そうか。それなら、今日はそろそろ戻るか？」

「はい」

ここに来た理由は、マニシアに魔法を使ってもらって体の調子を整えるためだからな。

迷宮の秘宝――ブライトクリスタルを使用してから、マニシアの状態はかなり良くなっている。

それに加えて、魔法を多く使うことで体内に過剰に魔力が残らないようにしている効果もあるのだろう。

ここから、大きく悪化するようなことはないと……思いたい。

「それじゃあ、そろそろ戻るか」

「はい」

ルナの頭を撫でるのもそこで中断し、俺たちは自宅へと戻っていった。

第三十七話　新たな迷宮の管理

アバンシアへと戻った後、いつも通りに巡回でもしようかと装備を整えていると、異変を感じた。

……なんだこれは？

今までに経験したことのないような不思議な感覚だ。こう、心というか胸の奥というか。そこのところを引っかかれるような感じ。

しばらく疑問に思っていたときだった。

こちらに、ある声が響いた。

『ルード。ルード。聞こえてる？』

自分の名前を呼ぶ声。

だが、周囲には誰もいない。一瞬、脳裏によぎったのは幽霊などの存在だ。

……いや、まさかな。

それに、先ほどの声は聞き覚えのあるものだった。

『おーい、聞こえてる？　ありゃ、聞こえてない感じ？』

「……もしかして、モーか？」

『おお、正解。うまく魔法が作動してよかった』

ほっと安堵するかのように吐息を漏らしているのがわかる。

モーの声は、まるで頭の中で響くかのように聞こえている。

「これは……どうなってるんだ？」

いまいち状況がわからず、ただただ困惑の声を漏らすことしかできないでいると、笑いを含んだ声が返ってくる。

『今、あなたの心に直接語りかけてる。凄いっしょ？』

「凄いのはそうなんだけど、モーの魔法か何かなのか？」

『そう。あーしのお父さんに昔教えてもらった魔法。遠距離と通話をするために使える魔法なんだ。これまで使う機会がなかったからちょっと心配だったけど、うまくいったみたい』

魔法、なんだな。

遠距離の人と対話するための魔法というのは人間界にも存在するが、使用者は限られている。

貴族の人たちでも、上の立場の人たちが使用者を抱え込んでいるというのは聞いたことがある。

なんでも自宅にいながらもあちこちの会議に参加できるということで、非常に便利らしいからな。

……もしかしたらルナなら使えるかもしれないが。

とにかく、とても便利な魔法だ。

『ちょっと待って、このままだと話しづらいから……』

モーがそう言ったときだった。

俺の目の前の空間が僅かに揺らぎ、そこに半透明のモーが現れた。

このモーは実際の彼女を映しているのだろうか。

自由自在に動いてみせるモーは、まるでこの場にいるかのようだ。

『うん、こんな感じでどう？　ちゃんと見えてるっしょ？』

指でピースを作るモーはいつもの様子だ。

「……そうだな」

とりあえず、まだ元気そうでよかった。安堵していると、モーもまた嬉しそうに微笑を浮かべた。

『よし、これで連絡はいつでも取れるようになったね』

そう言ってくれるモーに対して、俺は少し気まずい思いがあった。

彼女がこうして接触してきたのは、恐らくだが力を貸すと言った件について話したいからではないだろうか。

まったく考えていないわけではなかったが、現状特にいい案が思い浮かんでいなかったため、どう答えるべきか困ってしまう。

それでも、まったく触れないということもできないため、俺はひとまず問いかけてみる。

「……モーのほうはどうだ？　領内は落ち着いているのか？」

『今は何とか。ただまあ、また魔物が暴れだしたらわからない』

そうだよな。

モーの領内では様々な問題があるわけで、それは時間が解決してくれることではない。

むしろ、時間が経てば経つほど問題も多く発生していくため、早めに何かしらの解決案を出す必要がある。

「俺もどうしようかと色々考えてはいるんだけど、まだ思い浮かんでなくてな。アモンにも相談しようと思っているんだけど……今村にいなくてな」

アモンは自分の迷宮であるケイルド迷宮にこもっていて、アバンシアにはいない。なんでも、少しケイルド迷宮を調整したいそうだ。

だから、今すぐに相談ということができない状況だった。

『あっ、そう？　まあ、別にあーしも急ぎじゃないし。でも、そっかぁ。何かいい案でもあればって思ったんだけど』

「悪いな。今のところ、思いついてないんだ」

『別に気にしないで。もっとこう、魔界と人間界を自由に行き来できるならいいんだけど』

確かに、それは俺も同意見だ。

もしも自由に移動できるのであれば、それこそ何か問題があれば俺たちが動けばいいんだしな。

ただ……人間界では魔の者たちは恐れられている。

自由に行き来ができるようになんてなってしまえば、それこそ世界は大きく混乱することになるかもしれない。

そんなことを考えているときだった。

ニンが部屋へと入ってきた。

「ルード？　ってあれ？　それってもしかしてモー？」

『おひさー、ニン』

「久しぶりね。どうしたのよそれ？」

『ちょっとした魔法。離れた相手にも魔力があれば連絡がとれるんだよね。ニンの心にも直接連絡できるし、何かあればそっちから魔力送ってくれればいいからね』

早速、お互い試してみているようだ。

魔力を送るっていうのはこんな感じだろうか？

『そう、そんな感じ』

「へぇ……便利ね。まあでもちょうど良かったわ。アモンが戻ってきたみたいなのよ。前に、戻ってきたら教えてって言ってたでしょ？」

「それは良かった。モーのことで色々と聞きたいことがあったからな」

「そうよね。そんじゃ、行くとしましょうか」

『そうなんだ。それってあーしも同席していい？』

「ああ、大丈夫だ」

俺が返事をすると、モーの姿が消えた。

『とりあえず、維持するのに魔力結構使うからまたアモンのところにつくまでは姿隠しておくから』

「了解だ。それじゃあ、アモンのところに行こうか」

『おー』

元気よく拳を突き上げながら言っていそうな、そんな元気な声が返ってきた。

俺たちはアモンを探して村を移動する。といっても、ニンが居場所を特定してくれているので、俺が改めて魔力をたどる必要はなかった。

村内を移動しながら、俺はモーに問いかける。

「そういえば、アモンとは話したことはあるのか？」

同じ魔王同士だし、多少の交流はあるかもしれない。

『事務的な……それこそ挨拶とかそのくらい？』

「そうなんだな……」

『まあ、魔王同士ってそんなに顔を合わせるわけじゃないし』

確かに、アモンを見ていればそれは納得できる。

彼女はだいたいアバンシアにいて、魔界に戻っている様子はなかったからだ。

モーとそんなことを話していると、アモンの魔力を俺も意識せずに感知できるようになっていた。

……いた。

アモンは近くの出店で食事をしていた。

出店は、様々な街で店を開いているクランのものだ。全国に展開している有名なお店だが、先日このアバンシアにも開いてくれた。

最近アバンシアに冒険者が増えていることに目をつけての出店だそうだ。

おかげで町の賑わいは以前よりも増していたが、その店先でアモンが楽しそうに食事をしている。

「アモン、ここにいたのか」

近づいて声をかけるが、彼女は視線を僅かにこちらへ向けてから手元の肉の串焼きに目を戻す。

「ルードかえ？　どうしたんじゃ？」

彼女は目を輝かせ、串焼きにかぶりついた。

『おいしそう……』

羨ましそうなモーの声が響き、俺もちょっと食べたい気持ちになりながらも今は用事を優先する。

一緒に来ていたニンはすでに注文へと向かってしまったが。

「ちょっと気になることがあってな……ケイルド迷宮のほうは問題ないのか？」

「大丈夫じゃ。なんでも、最近ルードたち以外にも最下層に到達する冒険者が増え始めておっての。ちょっとばかし、迷宮を改良してきたんじゃよ」

「……そうだったんだな」

まあ、アモンの迷宮は相性の問題がどうにかなれば攻略自体はできるようなものだったのだろう。

とりあえず、彼女の問題が片付いているのなら、安心して相談できそうだ。

「アモンは……俺が魔界でお世話になったモー・デウスっていう魔王は知っているか？」

「うむ。比較的新参者じゃな。無口で何を考えているかよーわからん奴じゃの。それがどうしたのかえ？」

……これ全部、モーに丸聞こえなんだよな。

アモンも別に嫌味で言っているわけではなく素直な気持ちなのだろう。

というか、持っている串焼きに集中していてあまりこちらの話を真剣に聞いている様子はない。

それにしても、モーが無口な奴、か。

普段はあまり口数の多い子ではないのかもしれないが、悪い子ではないよな。

たまに、暴走するが。

「それで、領地の管理もしているんだけど……そこでいくつか問題を抱えていてな」

「魔王というのはそういうものじゃな」

したり顔で頷くアモンだが、彼女が問題に頭を悩ませているところは見たことがなかった。

「そうなんだな。アモンはいいのか？」

「わしも持っておるが、基本部下に任せきりじゃ」

「……適当なんだな」

「信頼しているだけじゃ。まあ、わしからしたら迷宮での稼ぎをいくらか魔界に送ってやっているんじゃからそれでうまくやってくれという話じゃ」

「……なるほどな」

それでうまく回っているのなら、問題はないのかもしれない。

「それで？　相談とはなんじゃ？　今のわしは機嫌が良いからの、なんでも答えるんじゃよ」

まあ、機嫌とか関係なしに色々と答えてくれることは多い。

なんだかんだ頼りになるんだよな。

「聞きたいことっていうのは……モーの領内が人手不足だそうだ」

「人手不足、じゃと？」

不思議そうに首を傾げるアモンに、俺はこくりと頷いた。

「ああ。モーの管理している領にはあまり実力のある人がいないらしくてな。領内に現れた魔物の処理とかもすべてモーがやってて、疲れているって感じなんだよ」

「ふむ、なるほどのぉ」

モーが抱えている問題について伝えると、アモンはしばらく考えるように串焼きをじっと見ていた。

やがて、彼女は小首を傾げて問いかけてきた。

「いくつか疑問があるのじゃが、モーは人間界に迷宮を持っておるのかの？」

「……いや――」

どうだっただろうか。

詳しい話は聞いていなかったので、返事に困っていると俺の近くにずっとモーが姿を見せた。

『あーしは持ってない』

「おお、なんじゃャルードに取り付いていたのかえ？」

『うん、まあ』

「ちょっと待て。取り付いているってどういうことだ？」

『気にしないで』

それを決めるのはモーではないのだが、俺の意見は無視して進められる。

「持っていないというのなら、作ったほうがいいかもしれぬの」

『それはどうして？　あーし、今も忙しいし、そっちの管理までしてたら手が回らないんだけど』

モーの意見ももっともだ。

迷宮の管理はわりと大変だ。近くに街がなければいけないし、そこにいる冒険者のレベルを考えて調整する必要がある。

冒険者の力に合わせて、適切な迷宮運用をしていなければ迷宮を管理するためのポイントも稼げないだろう。

変なものを作れば、迷宮の維持管理はできず破綻してしまうはずだ。

つまりまあ、運営が安定化するまでは人間界にいたほうがいいわけで、そんなことをすればますますモーの領が大変なことになりそうだ。

色々と俺も思うところはあったのだが、アモンが口を開いた。

「わしも領内にて戦力面の問題を抱えたことはあっての。わしは、魔物を作り出してそれらの管理を任せているんじゃ」

『魔物を？』

「そうじゃ。高ランクの魔物——それこそSランク級の魔物であれば、知能もあるからの。わしはそいつらに領の管理は任せているんじゃよ」

『そうなの？』

「そういうわけじゃ。高ランクの魔物であれば、人に化けることもできるからの。表向きは魔の者たちと変わらぬしの」

……なるほど。

アモンの意見に、納得はできた。

ただ、問題がないわけでもない。

「つまり、モーが自分の迷宮を作ってそこでポイントを集めて、高ランクの魔物を作ればいってことだけど……いくつか問題がないか？」

『うん。ルードの言う通り、迷宮の管理をする暇とかないし、ポイント稼ぐのも大変っしょ？　あーし、今すぐ楽々解決できる手段が欲しいんだけど。あっ、アモンが戦力貸してくれるとか？』

モーが期待するように目を向けるが、アモンはぶんぶんと首を横に振る。

「わしの迷宮の戦力は貸さぬぞ。わしの大切な部下なんじゃからな。まあ、モーもいくつか問題を抱えていることはわかっているがの。そこで、ルードの出番というわけじゃな」

ぽん、とアモンに肩を叩かれる。

なぜそこで俺が出てくるんだ。

……なんとなく、アモンの言いたいことは見えてきていたのだが、俺はそれでも問いかける。

「どういうことだ？」

「ルードがモーの代わりに迷宮を管理すればいいんじゃ。それに、おぬしの外皮は良いポイントになるしの」

「……」

だよな……。

迷宮の管理に関しては、代理の者を立ててもとりあえず問題はなさそうなのはわかっている。

実際、アモンがそう言うのなら問題はないんだろう。

俺だって、今はほとんどアモンに任せているんだしな。

『おお、人間が仲間にいるとそういう使い方もできるんだ』

モーもとても乗り気だ。

まあ、彼女はほとんど何も仕事が増えないようなものだし、当然か。

「ルードの場合、下手な人間と違って外皮も多いからの。ニンに協力してもらえば、それはもうポイントもわんさかじゃ」

「いや、一応何度も攻撃を喰らう俺の身にもなってほしいんだけど……」

『ルード、あんがと』

……もう俺が引き受ける前提で話が進んでいるじゃないか。

もちろん、モーに協力すると言った手前、断るつもりはないけどさ。

「わかった。ただ、迷宮の管理に関してはどうする？　あくまで戦力の補強としての迷宮なら、冒険者用の迷宮にしなくてもいいんだよな？」

「じゃが、アバンシア近くに作り出せばルードにとっても益はあるじゃろう？」

「……確かに、そうだな」

アバンシア近くに迷宮が増えれば、それにより注目度は増すだろう。

今のアバンシア迷宮が、冒険者たちにとってかなり戦いやすい迷宮であることは間違いないが、それでもすべての冒険者の需要を満たしているわけじゃない。

迷宮って、街の近くにいくつかあることも多いしな。

様々なランクの迷宮があり、冒険者はその中から自分の力に合った迷宮を選ぶわけだ。

つまり、今のアバンシア迷宮を高ランク冒険者向けにして、モーの迷宮を低ランク冒険者向けにする……とか色々とできるだろう。もちろん、その逆だって可能だ。

他にも、迷宮に求められることは何も魔物だけじゃない。良い素材が手に入る迷宮なら、それはそれで需要がある。

高ランクの魔物を作り出す前提だとすれば、モーの迷宮を高ランク冒険者向けにする、というのもありかもしれない。

最近、アバンシアに訪れる冒険者が減っているのも事実だしな。

アバンシア迷宮はアモンが管理するようになってから、出現する魔物などが定期的に更新されている迷宮ではあるが、それでもその情報が国全体に届きわたるというのは難しい。

やはり、『新しい迷宮が出現した』というインパクトと比較するとどうしてもな。

『まあ、あーしは戦力さえ補強できればあとはなんでもいいから。そっちの都合のいいように使っていいよ』

「ルードにとって都合のいい女、というわけじゃな」

『あーし、都合のいい女にされちゃった』

「誤解を招く表現をするんじゃない」

ふざける二人にため息を返す。

とりあえず、モーも特にこだわりとかはなさそうだな。

「わかった。それなら、アバンシアの近くに迷宮を作るとして……狙ってできるものなのか？」

「できるはずじゃよ。モー、迷宮の作り方はわかっておるの？」

『うん、大丈夫』

モーがこくりと頷いたところで、ニンが両手に大量の串焼きを持って戻ってきた。

手に持てない分は風魔法で周囲に浮かせているほどだ。

「なになに、方針決まったの？」

「とても端的に表現すると、迷宮作ってルードをボコボコにするんじゃよ」

それで伝わるのだろうか？

「なるほど、それならあたしも必要ってことね」

伝わってしまった。

「うむ、それじゃあ行くかの」

ニンの風魔法で浮いていた串焼きをアモンがひょいと手にとり、歩き出す。

俺もニンから一つもらい、アバンシアの外へと向かった。

「なるほどねぇ……それはまた凄い作戦を考えたものね」

道中で詳細な作戦をニンに伝えると、改めて彼女は納得した声を上げる。

「そういうわけで、俺の外皮を回復させるためにニンの力が必要なんだ」

「わかったわ。つまり、これからやろうとしていることって、ライムとかベイバーンみたいな子を作るってことよね？　それなら別に高ランクの魔物じゃなくてもいいんじゃないの？」

ニンの疑問に、俺はちらとアモンを見る。

確かに、ニンが言う通り迷宮の外でも問題なく活動できている子たちがいるのも事実だ。

しかし、アモンはふふんと笑みを浮かべると、扇子を得意げに開いた。

「ニンの疑問は当然じゃがな。迷宮から離れた場所で活動するとなると能力が大きく下がるんじゃよ」

「そうなのか？」

それはまた、初めて聞く情報だ。

俺が問いかけると、彼女は小さく頷いた。

そして、次の瞬間だった。アモンの足元に魔法陣が出現すると、そこから一体の魔物が現れた。

……そいつは、黒い骨の魔物だ。

見覚えのある姿なのだが、どこか体は細く見える。まるで、無理な減量でもしてしまったかのようにも見える。いや、スケルトンなんだけども。

「もしかして、そいつって……ケイルド迷宮にいたダークスケルトン？」

ニンの言葉に、俺もそれを思い出していた。

ただ、俺たちが戦ったダークスケルトンと比べると、なんだか体が一回り小さい気がする。可愛らしい見た目になってしまったし、感じられる魔力も小さいような……。

「わしが少し改良したダークスケルトンじゃな」

自慢げに胸を張るアモン。

ダークスケルトンはすっとこちらに頭を下げてくる。かなり礼儀正しい魔物だ。

「でも、何だか迷宮内にいるときより弱そうに見えるわね……。もしかして、これが高ランクの魔物じゃないとダメな理由ってこと？」

「そういうわけじゃ。迷宮から離れれば離れるほど、魔物たちは能力を発揮できなくなるんじゃよ。だから高ランクの魔物が必要なんじゃ。もちろん、例外もおるがの」

「……なるほどねぇ」

　ニンがつんつんとダークスケルトンをつついている。

「元の能力がある程度高ければ、弱体化してもそれなりに戦えるんじゃ。人間界と魔界ということを考えるのであれば、最低でもSランクの魔物でなければ駄目じゃろうな」

「それは、また大変だな……」

　確か、Sランクの魔物となるとかなりのポイントを使ったはずだ。

　そして。先ほどのアモンの言葉から考えても、Sランクの魔物の中でもより上位の存在である必要があるだろう。

　……下手したら、俺が何度外皮を削られても、一日じゃ足りない可能性があるよな。

『でも、それだけ強い魔物が用意できるなら、頼もしい』

「まあ、そこはルードの活躍次第じゃな」

　アモンは他人事だからって、楽しそうに笑っている。

　果たして、俺は何度攻撃を食らう必要があるんだろうな……。

「モーはフォレストドラゴンを持っていたけど、あれはまた迷宮の魔物とは違うのか？」

『普通に近くの森で拾った子』

『ふぉー！』

近くにいるようで、フォーちゃんの声が聞こえてきた。

「そうなんだな」

……フォーちゃんも強かったからな。

何か迷宮の高ランクの魔物と関係しているのかと思ったが、そういうわけではなさそうだ。

アバンシアの外をしばらく歩いていたところで、アモンがこちらを見てくる。

「迷宮はどの辺りに作るんじゃ」

「どこでもいいけど、あんまり近すぎるとアバンシア迷宮の影響を受けて弱体化するとかはあるんじゃないか？」

「同盟を結んだ迷宮ならば大丈夫じゃな」

「……そんな機能もあるんだな」

「まったく、ルードは何も知らないんじゃな？」

「いきなり押し付けられたわけだしな」

何も教えられていないし……。

マリウスは細かい部分をそもそも知らないみたいだしな……。

それに、俺は迷宮の完全な管理者、というわけではないはずだ。

「でも、あんまり近すぎてもねぇ。あたしたちは事情を知っているからいいけど、何も知らないギルドとかだと迷宮が二つも近くにあるっていうのはちょっと警戒するわよ？」

ニンの言葉も一理ある。

リリアとリリィなら事情を理解してくれるとは思うが、他の人にまで話すわけにはいかないしなぁ。

「それなら……果樹園を避けた場所にするかな」

今回の迷宮は特に害をなすものにする予定はないが、それでもニンの言うこともわかる。

アバンシア近くでもいいかと思ったが、事情を知らない人たちに不安を与えたくはないし、これが一番いい選択だろう。

「わかったんじゃよ。それじゃあ、あとはどんなタイプの迷宮を作るかじゃな。構想はあるのかえ？」

「……そうだな。海、とかはどうだ？」

いくつか、脳内に候補はあったがその中の一つを口にする。

アバンシアは内陸部に位置し、海の恩恵とは無縁の生活を送っていた。

魚介類を口にすることはほぼなく、最近アバンシアを離れることの少ない俺は少し懐かしさを覚えていた。

つまりは海系の迷宮だ。

別にこれは俺が欲しいから、だけではなくかなり人気のある迷宮でもある。

海のような階層がある迷宮は色々と便利だ。

まあ、どのような魔物を設定するか次第ではあるんだけど、塩なども確保しやすくなるからな。

以前、そういう相談をアモンにしたことはあるのだが、タイプがまるで違う迷宮は作れないと言われてしまったことがある。

それに、迷宮内の気温なども管理できるなら、一年中いつでも海水浴が楽しめる、というだけでも利点になる。その階層だけ、魔物が出現しないようにすればいいわけだしな。

そして、気持ちよく泳いだ後はアバンシアにある公衆浴場などで汗も流せる。

今はホムンクルスたちのおかげで、ある程度冒険者が来ても受け入れられるだけの宿もあるしな。

「なるほどのぉ、海系の迷宮かえ。わしも遊びたかったし、良いの」

「いいわねっ。あとで皆で遊びに来られるわね。迷宮内なら日焼けとかも気にしなくていいしっ」

俺が思っていた以上に、ニンやアモンはノリノリだ。

『それはあーしも興味ある』

モーも否定しないようで、問題はなさそうだ。

みんなで海水浴、となれば水着、か。

——そのときはマニシアを絶対に誘おう。

マニシアの可愛い水着姿を想像して、口元がにやけそうになるのをこらえながら、話を進める。

「そういうわけで、問題ないか？」

『うん、おっけー』

モーが早速準備を始めていく。

迷宮をゼロから創造する場面を見るのは、初めてだ。

一体どんな風に作られるのか。僅かな期待と不安を抱きながら、半透明のモーを眺めていると、彼女から膨大な魔力が湧き起こるのが感じられた。

その魔力はモーの体を離れ、目の前の大地に集まっていく。

僅かに大地が揺れ、周囲に強い風が吹き抜ける。

それと同時だった。

地面から小山のようなものがせりあがってきた。

冒険者ならば何度も見たことのある迷宮の入り口ができあがっていた。

「ふむ、問題なくできたようじゃな」

アモンが満足げに頷いた。

迷宮に関しての知識の深い彼女がそう言うのなら、間違いはないのだろう。

「この後は、どうするんだ？」

「もちろん、内部の調整じゃよ。それじゃあ、急いで最低限の迷宮を製作していくんじゃよ。モーよ、管理はこっちに任せるでいいんじゃな？」

『うん。ルードとアモンに任せる』

モーがそう言った次の瞬間、俺たちのほうに片手ずつを向けてきた。

それと同時だった。体の中を魔力が一瞬抜けていった。

今ので、管理を任せた、ということなのだろうか。

「それじゃあ、行くとするかの」

アモンの言葉に頷きつつ、俺たちは迷宮へと入っていった。

一階層へと降りた俺たちは、そこであるものを発見した。

砂浜と海だ。まさに、考えていた通りの迷宮だ。

「完璧じゃない」

ニンが歓喜の声を上げ、押し寄せる波へと近づいていく。

砂浜に足を取られないようにか、彼女は足元にだけ風魔法を展開して僅かに浮いている。

こういう器用な魔法の使い方は、さすがニンだ。

アモンも風魔法を使い、ぷかぷかと浜辺へと近づいていく。

「そうじゃの。こうなると水系の魔物を生み出しやすい魔導書になっているじゃろうな」

「そんなこともあるんだな」

「そうじゃ。各迷宮ごとの特性じゃな。ちなみにわしのケイルド迷宮は状態異常とかが得意な魔物が多いからの」

そういえば、そうだったな。

アモンの迷宮には色々と大変な思いをさせられたものだ。

「まあ遊ぶのはまた今度じゃ。迷宮の調整をしにいくんじゃよ」

子どものようなテンションで声を上げるアモンは、作り出した魔法陣へと入っていく。

恐らく、そこが管理者の部屋へと繋(つな)がっているのだろう。

俺たちも、その後を追うように魔法陣へと乗る。

俺たちが移動した先は、迷宮の管理室だ。……モーの屋敷の自室のような空間がそこには広がっており、大きなテーブルが部屋の中央にあった。

そこに、迷宮の全体像や細かい設定などを弄(いじ)るための鏡のような画面が設置されていた。

「おお、モーよ。これ最新型じゃないかえ！」

『なにそれ』

　モーに同意見だ。俺もなにそれと首を傾げていると、アモンは興奮した声を上げる。

「何も知らぬのかえ！　最近の迷宮管理室は随分とハイテクになっての！　わしの迷宮もその更新のために迷宮に戻っておったところもあったんじゃよ！　羨ましいのぉ！」

『そういうもんなの？　とにかく、良かったたってこと？』

「とにかく良かったってことじゃ！　これは、色々とやってみたくはあるんじゃが……ルード！　ポイントが足りんのじゃよ！」

　つまり、俺で貯めてこいということか。

　これから何度も攻撃されることになるのだろうが、仕方ない。

　これでモーを助けられるみたいだしな。

「わかった。それじゃあ、ニンも一緒に来てくれ」

「ええ、わかったわ」

「一階層に魔物を適当に配置しておくんじゃよ。ポイント、楽しみにしておるからの！」

『がんば』

　アモンとモーたちに見送られるようにして、俺たちは一階層へと戻っていった。

『ルード、ニン！　もういいんじゃよ！』

ハンターフィッシュと呼ばれる、浜辺を浮遊している魚のモンスターと戯れていると、そんな声が聞こえてきた。

俺も迷宮の管理権を与えられているからなのか、ハンターフィッシュはじゃれるように攻撃してきていた。

見た目は強面だが、こう甘えられると可愛さを感じるもので、悪い時間ではなかったな。

恐らくは管理室へと繋がる魔法陣が俺たちの近くに展開され、名残を惜しむような様子のハンターフィッシュに別れを告げ、俺たちは管理室へと戻っていった。

「ニン、ありがとな」

「あたしは片手間に回復魔法使ってただけだから、別に疲れてはないけど、ルード結構外皮削られてなかった？」

「そうだな……」

体の力を緩めることで、喰らうダメージ量は増やせる。それによって、ハンターフィッシュというランクの低い魔物からも結構なダメージを受けていた俺は、合計で２０００ポイントくらいは削られていただろう。

最低限の迷宮の調整、くらいならばこのくらいあれば足りる……と思う。

管理室に来ると、何やらベッドなども準備されていて、モーとアモンがそこに寝転がりながら迷宮の調整を行っていた。

どうやらテーブル以外でも迷宮の管理はできるようだ。アモンが持っている小さな板のようなもので調整作業をしているようなのだが、一仕事終えて戻ってきてこの光景を見せられると少し思うところはあるな。

とはいえ、効率よく作業ができるのならいいだろう。

俺は椅子に腰かけながら、口を開いた。

「アモン、今はどんな感じなんだ？」

「とりあえず、五階層まで増やしておいたんじゃよ。魔物も弱い魔物たちを配置したし、最低限の迷宮の体裁は整えたんじゃよ」

「そうか。それなら、一つお願いしたいんだけど……大丈夫か？」

「なんじゃ？　いきなりSランク級の魔物が出現するように調整とかかの⁉」

「そんなハプニングは必要ないから……」

そんな危険な迷宮だとわかれば誰も来てくれなくなってしまう。

「むぅ、冒険者たちの驚く顔が見られて楽しいんじゃが……ではなんじゃ？」

「一階層は海水浴が楽しめるように魔物が出ないようにできないか？」

……そうすれば、海水浴がいつでも楽しめる迷宮として注目を集めることになる。

現在、国内で魔物が出ない階層がある迷宮はいくつか発見されているが、そういった場所は様々な用途に使われている。

例えば、ギルドの訓練場などだ。

もしも、海水浴が年中いつでも楽しめる迷宮なんてものが見つかれば、その注目度は計り知れないだろう。

「なんじゃと!? それでは、冒険者たちの混乱する顔が楽しめぬぞ！」

「それはケイルド迷宮で見ればいいんじゃないか？　このモーの迷宮は冒険者にとって優しい迷宮にしたいんだよ」

『アモン。ルードの言うことを聞くように』

モーがじとっと見ると、アモンは口をもにょもにょと動かしている。まるで、母に叱られた子どものようだ。

これだと、どちらの魔王歴が長いかわからないな。

「むう、人間たちが驚く顔を見るというのも楽しいものなんじゃが……仕方ないのぉ」

……アモンに任せきりにしてるとだんだん嫌らしい迷宮になっていきそうだよな。

アバンシア迷宮に関しても、定期的に確認しないとな。

ケイルド迷宮だって、最初のほうの階層は比較的まともらしいが、上に上がれば上がるほど面倒なギミックが増えていくそうだ。

　俺たち冒険者は安全に金が稼げればそれでいいという人が大半だ。そりゃあ、中には無謀に突っ込んでいくのが好きな奴もいるけどな。

「とりあえず、一階層はそんな感じで……釣りとかができるポイントもどこかに用意するのはどうだ？」

　迷宮内でそういった素材を回収できるというのも強みではある。

　それに、アバンシアにいながら魚料理をいただけるようになるかもしれない。新鮮なものなら、刺身も……。

　そんなに魚が好きなわけではないが、それでも無性に食べたくなるときというのがある。

　そういったときに、アバンシアにあるお店で新鮮な魚料理が提供されるとなれば、これほど嬉しいことはない。

　ただ、俺の意見にアモンは渋い顔を作る。

「採取ポイントの設定は、あまり得にならんのじゃぞ」

「どうしてだ？」

「確かに、迷宮内に冒険者がいてくれれば、少しずつポイントは回収できるんじゃ。じゃがな……採取ポイントで回収できる、例えば今回で言えば魚じゃな。そういったものを生

み出すためのポイントでトントンくらいになってしまうんじゃよ」

「……なるほどな。まあ、でも多少はそういった魅力があったほうが、最終的に冒険者も集まるんじゃないか？」

すべての冒険者が釣りに来るわけではないだろう。戦闘のついでに、釣りをしていく冒険者、という客層を開拓できるくらいに考えればいいだろう。

「まあ、そうかもしれんがのぉ。わしはやったことがないからどのくらいの需要があるかわからぬが、まあ良いじゃろう」

アモンは効率よく回収できる迷宮を作りたいようだ。実際、利益のある迷宮を作るのが普通の考えなんだろう。

俺たちの場合、俺の外皮からポイントを回収すればいいので、そういった経営的なことを無視できるわけだが。

「ふむふむ。まあ、魔物から魚の素材がドロップするようにもできるの。迷宮に最初からいる魔物は、ハンターフィッシュとフィッシュデーモンかえ……ふむ、これを設置していって……釣りポイントも設定して、取れる魚もレアリティごとに確率をつけていって……」

アモンがぶつぶつと言いながら作業を進めていく。

……やはりこういった部分はかなり慣れているようで彼女の作業は無駄がない。

俺もいざというときは自分で管理できるようにしておかないといけないし、一応見ておこう。

ドロップする素材は魔物ごとに決まっていて、これこそガチャ的な要素だ。

一応、ポイントを使って再抽選することもできるそうだ。そこまでドロップアイテムにこだわるようなことは今のところはないと思うが。

今後、迷宮に飽きられた場合などは考えてもいいのかもしれないな。

「とりあえず、こんなところじゃな」

アモンが作業を終えたところで、俺はテーブルにある画面から迷宮の全体を確認する。

アバンシア第二迷宮と名付けられたこの迷宮は、全部で五階層まである。

ただ、最深部に何かあるわけではなく、他の階層のように魔物が出現するだけだ。

こういった迷宮は今後も成長していく可能性がある、とギルドにも報告できる。

まあ、完全にマッチポンプになるのだが、別に冒険者にとって困るようなことはないだろう。

一階層は海があり、設定通り魔物は出現しない。二階層は魔物が多少出現するが、釣りができるようなスポットも用意されている。

釣りスポットの近くには魔物も寄らないようになっているので、これで一階層と二階層で別の需要を満たせるだろう。

三階層からが、通常の迷宮らしくなっていく……という感じだ。

これなら、冒険者以外の人も楽しめるはずだ。俺だって、マニシアの水着が見られるだろう。完璧な計画だ。

ベッドで横になったままのアモンは、小さく息を吐き持っていた管理用の板を消す。

それから、こちらに首を傾けてくる。

「ポイントはほとんど使ったんじゃよ。ここからモーのための魔物を作るとなると、またルードからポイントを稼いでいく必要があるのぉ」

「了解だ。それじゃあ、改めてニンに協力してもらうか」

「ええ、任せなさい。モー、稼いできてやるわよ」

『うん、お願い』

モーにそう言ってから、俺たちは三階層へと移動した。


それから俺たちは……というよりも俺は召喚された魔物たちに攻撃してもらって、外皮を削らせてはニンで回復というのを繰り返していった。

……とはいえ、だ。

かなりやっていたのだが、先に音を上げたのはニンだった。

「……ルード、もう魔力なくなっちゃったわよ」

「そうか」

一度戻るか、と思っているとアモンとモーがやってきた。

「ルードよ。まだSランクの魔物には全然足りぬぞ」

「……そんなにか？」

「Sランクの中でも特に上位の存在でないといけぬからの。明日からも外皮をたくさん削るんじゃよ」

「……そうだな」

とりあえず、しばらくはこれで稼いでいくしかないだろう。

仮に、冒険者たちが訪れるようになったとしても、そこまで強い魔物は設置していないので効率が上がるとも思えない。

地道だが、今はニンと……他に回復魔法が使える人たちに協力してもらうしかないな。

『ありがとね、皆』

「また暴走されても困るしね」

ニンが冗談めかした笑顔でそう言うと、モーは本気で言われたのかと思ったようで申し訳なさそうに頭を下げる。

『……ごめん』

「冗談よ。お互い、困ったことがあったら手伝い合いましょうよ」

ニンがそう言うと、モーは嬉(うれ)しそうに微笑(ほほえ)んだ。

『あ、ありがとう』

照れた様子でそう言ったモーを見て、俺も魔物たちの的として頑張ろうと思った。


迷宮を後にした俺たちは、暗くなり始めた空を見ながらアバンシアへと向かう。

「とりあえず、明日からはルナも連れて行って交代でやったほうがいいわね」

「そうだな」

ルナとニンがいれば、お互いに休みながら作業できるはずだ。

これで効率も二倍になるので、早めに目的のポイントに到達するだろう。

「迷宮で得た外皮のエネルギーって本当は魔界に持っていくものなのよね？」

ニンがアモンに問いかけると、こくりと頷(うなず)いた。

「そうじゃな。迷宮の運営で余った分はの。魔界にも人間は多少おるんじゃが、人間界から得られるものに比べたら微々たるものじゃしの」

「魔界からしたら人間界はなくてはならない存在よね。でも、人間界の人たちって魔界のことさえ知らないわよね？」

ニンの言葉に俺も頷く。

魔界、というのはそれこそ御伽噺(おとぎばなし)のような扱いを受けることさえあるほどだ。

かつて、魔王という危険な存在がいた。

しかし魔王を含む魔の者たちは、当時の強い冒険者たちによって魔界へと封じ込められた。

彼らは、英雄――勇者と呼ばれるようになった。

それから、世界に迷宮が出現するようになり、冒険者たちは迷宮の攻略を行っていった。

かなりの年月が過ぎ、魔界という存在は忘れられていった。

そして、勇者という言葉の意味も変わっていった。

いくつもの高難易度迷宮を攻略していた冒険者たちは、やがて勇者と呼ばれるようになった。

国から認められた勇者は、迷宮攻略に際して国から様々な恩恵を得られることがあった。

キグラスが、当時聖女だったニンを勇者パーティーに無理やり誘えたのも、その恩恵があったからだ。

俺たちの迷宮は安全なものが多いが、世界には危険な迷宮がいくつもあるので迷宮の完全攻略は最優先事項だからだ。

「まあ、そうじゃな。昔は人間を嫌っている魔の者たちは多かったが、今ではそういう背景というのも理解しているからの。結構、人間も魔の者も仲良くしておったろ？」

確かに、そうだったかもしれない。

少なくとも、俺たちがモーの元で依頼を片付けていたときに、人間だからと馬鹿にされたことはなかったな。

「当時の魔の者たちにも非はあるからの。人間を下等種族と決めつけ、奴隷とするために暴れていたんじゃからな」

「そうなんだな」

「そのとき、人間たちの中にスキルを開眼するものがおったんじゃよ」

「そう……なのか？」

「そうじゃよ。わしはこの目で見てきたからのぉ。天界の者たち、天使たちの仕業らしいが、それから人間は外皮やスキルといった力を手に入れていったんじゃよ」

その歴史って数千年も前の話ではないだろうか？

あまり深くは考えず、少し気になっていたことを彼女に聞いてみることにした。

「モーは、魔王の父に拾われて……それから魔王を継承したって聞いていたんだけど、そういうこともできるのか？」

「できるの。わしだって誰かに立場を譲ることはできるんじゃよ？」

「そうなんだな」

「わしは今の生活が好きだからしないがの。モーの父……ケルト・デウスも魔王としての生活は好きなほうだと思ったんじゃが、モーに継承してしまったの」

『いい迷惑』

「まあ、そう言うでない。何かしらの理由があったかもしれないじゃろう？」

アモンがケラケラと笑っていたが、モーはうんざりとした顔であった。

「アモンは、ケルト・デウスのことは詳しいのか？」

「まあ、ケルトはわしの子どもみたいなものじゃからな。何度か戦いを指導してやったことがあるんじゃよ」

相変わらず、何歳かわからないことを言うな……。

「魔王の力を継承したら……もう転生とかもできなくなるのか？」

「そうじゃな。すべての力を失えば、死ぬことになるんじゃよ。それらは魔神が管理しておるんじゃが、まあ奴が魔王の力を剥奪するというのはよほどのときだけじゃな」

ただ、実際グリードはその力を剥奪された……わけだよな。

意外と魔王というのも、大変なんだな。

アバンシアへと到着したときだった。何やら険しい表情をしているリリィがこちらへと向かってきた。

そして、俺の前で足を止めると彼女は大きく頬を膨らませる。

「あっ、ルード。やっぱり、ニンたちと一緒にいましたか！」

「……どうしたんだ？」

「……迷宮です」

ぼそり、と彼女が口にした。

……あっ。そういうことか。ギルド職員の彼女が慌てて俺を探しに来ている理由を一瞬で理解する。

「新しい迷宮が発見されました。私が索敵魔法で場所などを特定しようと思ったら、なんとよく知っている魔力反応がありました。さて、誰でしょうか？」

…………迷宮が発見された場合、ギルドは早急に状況を知る必要がある。

そのため、それはもうバタバタするものだ。

そして、現在このアバンシアのギルドリーダーはリリア。今頃、様々な業務に追われているに違いない。

大事な大事なお姉ちゃんをそんな目に遭わせた可能性のある人物として、リリィは俺を睨(にら)んでいる……というわけだ。

むすーっと可愛(かわい)らしく頬を膨らませてくれているので、まだ怒りレベルとしてはそこまで高くないのかもしれないが……対応を誤ればこの後何をされるかわからない。

「……すまん。先に、報告しておけばよかったな」

「そうですよねぇ？　とりあえず、お姉ちゃんから連れてこい、と頼まれていますので、ついてきてくださいね」

「……ああ、わかった」

腕を掴みギルドまで連れて行こうとしながら、リリィがジト目でこちらを見てくる。

「……お姉ちゃん、せっかくの私との休日デートがなくなっちゃったんですからね⁉」

「わ、悪かった。今からギルドに行って、リリアにも説明する」

「はい、お願いしますよ。どうせ、アモンさんですよね？　アモンさんも来てください！」

「むぅ、わしはルードに言われるがままにやっただけなんじゃが……そもそも、あの迷宮はモーが作ったんじゃが……」

そのモーはというと、危険を察知したのかすでに姿が消えていた……。

なんと逃げ足が速い奴だ。

俺とアモンはリリィに怒り顔を向けられながら、ギルドへと連行されていった。

ギルドハウスにあるリリアの自室。ギルドマスターにはギルドハウス内に自分の部屋が用意されるのだが、その部屋は少し異常だった。

なんか、リリィを模したぬいぐるみだったり、リリィの絵だったりが飾られている。

ここが、誰の部屋なのか、リリアのことを知る人物ならば一瞬でわかるだろう。

いくらギルドマスターとはいえ、自分の部屋をこんな風に改造していいものなのか……？　と思いつつ、俺たちはリリアに迷宮作成の経緯を含め、話していった。

話を聞き終えた彼女は閉じていた目を開き、それからゆっくりと唇を動かした。

「なるほどね。魔界の知り合いのために、ね。事情はわかった。事前に伝えてくれれば、色々楽だったんだけど？」

やはり同じように睨まれる。

「悪い」

「とりあえず、今回は私とリリィにパフェでも奢ってくれたら許す」

「……了解だ」

「それなら、仕事の話。迷宮の情報とか色々と提出できる？」

「ああ、大丈夫だ」

「じゃあ、これからルードのクランに迷宮調査の依頼を出す。明日までに情報をまとめて提出してくれればいいから」

　普通の迷宮なら明日までというのはなかなかスケジュール的に大変ではあるが、俺たちの管理下の迷宮なので問題ない。

「了解だ。悪かったな。リリィと一緒に遊ぶ予定だったんだろ？」

「それは……大丈夫。着せ替え人形にされそうなところだったから……」

「お姉ちゃん、仕事終わりましたか？」

　リリィがふりふりとした可愛（かわい）らしい衣装を手に持って、部屋へと入ってくる。

　リリアは頬をひくつかせながら、首を横に振って即答する。

「ううん、まだ終わってない」

　リリィは残念そうに部屋を去っていった。

「リリアがリリィのお願いを断るなんて、珍しいな」

「私にあれこれと可愛い服を着せようとしてくるから……。リリィの言うことならなんでも言うがままだけど、あれだけはちょっと苦手」

「まあ、でもリリアにも似合うと思うぞ？」

　彼女はどうにも自分が可愛らしい服を着ることに躊躇（ちゅうちょ）しているが、別にそんなことはないと思う。

「う、うっせぇ」

リリアは照れ隠しなのか口悪くこちらを睨(にら)みつけてくる。

「……とにかく、ルードに依頼を出すって方向でギルドで話をするから」

「ああ、わかった。頼むな」

普段の依頼ならばプレッシャーもあるものだが、今回に関してはもう達成したようなものだ。


次の日。

俺は早速ギルドからの依頼で迷宮の情報をまとめるため、アバンシア第二迷宮へと来ていた。

といっても、すでに迷宮は完成しているので、間違いがないように報告書を作るだけだ。

どちらかといえば、ポイントを稼ぐことが目的だった。

昨日と同じように、ニンとさらにルナにも同行してもらっている。

迷宮の最終調整をアモンに行ってもらいつつ、俺は持ってきた紙に迷宮内の地図や出現する魔物の情報などをまとめていく。

「ルード、本当に本当に難易度は上げなくてよいのじゃな？」

「そうだけど、不満そうだな」

「いや、冒険者たちが苦しむ姿が見られないと思うと……のぉ」

「この迷宮の低階層はこのくらいでいいだろ？　改良するにしても、今後……でいいと思うが」

高ランクの魔物を製作するのが最終目標なので、いずれはもう少し難易度を上げてもいいとは思うが、いきなりはな。

下手に強い魔物が出る迷宮となれば、海水浴を楽しみたい人たちもビビって来なくなる可能性もあるし。

今まではすべての冒険者をアバンシア迷宮が受け入れていたが、魔物の種類が多いわけではなかった。

冒険者たちは、当然ながら自分にとって戦いやすい迷宮で自分を成長させていくため、アバンシア迷宮が合わない冒険者たちは離れていってしまう。

フィルドザウルスもかなり狩られたことで、素材の物珍しさもなくなっていたしな。

迷宮が二つになれば、アバンシア迷宮とアバンシア第二迷宮、どちらかに合う冒険者が村に定着するようになる。

一つの迷宮だけだと人が密集して狩場の確保が難しかったりもしていたので、これで落ち着き始めていたアバンシアがさらに活気に包まれることになるだろう。

村が盛り上がることに、村の人たちも楽しそうにしているし、悪いことではないはずだ。

アモンの最終調整が終わったところで、俺はニンとルナに協力してもらいながら外皮を削っていく。

……また夕方くらいまでその作業をしていたのだが。

「うーむ、まだまだ高ランクの魔物を作るためのポイントは足りなそうじゃの」

「……ガチャを使うってのはどうだ？」

「当たりが引ければ良いが、召喚魔法に適応した魔物を狙いたいんじゃろ？　モーの要求に従えるような魔物でないといかんから、外れた場合は無価値じゃぞ？」

「そうだな」

無価値、とまではいかないだろうが……好条件の魔物を引きたいのは確かだ。

アモンの言う通り、ガチャで一発逆転……を狙うほど追いつめられているわけではない。

時間さえかければどうにかなるし……もう少し、ニンとルナに協力してもらうしかないな。

「あと何日かやればいけるじゃろうな。あとは、モーとどのような魔物を作るか相談するくらいじゃな。ガチャではない魔物の場合はオプションで色々カスタマイズできるからの」

「そうなのか？」

「より能力を伸ばしたり、例えば知能を増したり、腕の数を増やしたり、腕の数をさらに増やしたりの」

「いや、そこは別に大丈夫だ」

「もちろん、要求が高ければ高いほど、消費されるポイントも増えるがの」

「そうか」

魔物、か。考えていくと、色々面白そうだな。

とはいえ、それらの想像を膨らませるにもポイントがもっとないといけない。

今は、ポイントを地道に集めていくしかないな。

「マスター、今日はもう終わりですか？」

「ああ。今日は二人のおかげでかなり稼げたよ。ありがとな」

ルナは表情こそ変えていないが疲労しているように見える。

結構、無茶したがるからな。

とりあえず、頭を撫でてあげると、とても嬉しそうだ。

ニンはゆっくりと背中を伸ばし、緩やかな動きで口を開いた。

「そうね。ルナのおかげであたしも楽できたし。昨日なんてヘロヘロになるまでこき使われたんだから」

「悪かったよ……」

「それじゃあ、あたしもご褒美欲しいんだけど何かないの？」

「酒か？」

「それもいいけど、頭撫でるだけでもいいわよ？」

それはな……。

マニシアとルナは妹と妹みたいな存在なので特に意識しなくていいのだが、ニンはな。

でも、確かに何もしてやれていないのは悪いよな。

「あら、どうしたのよ？　してくれないの？」

「わかった」

「えっ？」

俺は小さく息を吐いてからニンの頭を撫でる。僅かに恥ずかしさがあり、少し撫で方が雑になってしまったかもしれないが、ニンは動揺したように顔を赤くしていた。

「あ、ありがとう」

ニンは自分で言っておいてなぜか照れた様子だ。

だ、だったらこんなことを頼まないでくれ。

やめ時を見失ってしまい、どうしようかと思っていると、

「マスターはこれからギルドに行くのですか？」

何やら、少し目を吊り上げているルナが声をかけてくれた。

とりあえず、ルナのおかげでこの空気を誤魔化せそうだ。

「そ、その予定だ。ニンとルナは先に家に戻っててくれ」

「わかりました。夕食はお魚料理の予定ですから、楽しみにしていてください」

ちゃっかり、ここで得られる素材を確保していたな、そういえば。

ニンは、ルナの言葉に嬉しそうな笑みを浮かべた。

「い、いいわね！　それじゃあルード、早めに戻ってこないと終わっちゃってるかもしれないわよ」

「マニシアの手料理がなくなってたら怒るからな？」

「わしがいるのじゃぞ？　どうなるかのう？」

アモンが扇子で口元を隠しながらそう言った。

……これは急いで帰らないとな。


ひとまず、俺は調査の報告書を持ってギルドへと来ていた。

事情を受付に説明すると、すぐにギルドマスター室へと通される。

少し待つと、リリアがいつもの雰囲気でやってきた。遅れてリリィが飲み物を持ってきてくれた。

俺たちはテーブルを挟んで腰掛ける。

そして俺は、用意していた資料をリリアへと渡した。

「これが迷宮の情報、ですか？」

リリアが真剣な様子で俺の調査報告書を眺める隣で、リリィはリリアが読み終えた部分の紙を受け取り、目を輝かせていた。

リーダーとサブリーダーで反応がまるで違うのだが。

リリアが真剣に読み進めていく中、リリィが囁くように問いかけてくる。

「ルード、ルード。この迷宮、海あるのですか？」

……どんなに小さな声で話しても、ここには俺たちしかいないのだからすべてリリアに筒抜けなんだけどな。

案の定、リリアの目尻がぴくりと動いてこちらを見てくる。

それは仕事中にもかかわらず楽しそうな様子のリリィに対しての怒りだろうか？

リリィ、気づいてくれ。

「一応な。ただ、ほら、ちゃんと全部目を通してくれ」

やんわりと指摘したのだが、リリィの意識はすでに海に持っていかれたようだ。

リリィはキラキラとした目を、リリアへと向ける。

「お姉ちゃん！　泳ぎに行きましょう！」

おい。

完全に遊びに行きたいという様子のリリィ。

だ、大丈夫だろうか？

そう思ってリリアの顔を見ると、何やら青ざめたまま冷や汗をだらだらと流していた。

あれ？　俺の予想していた反応と違う。

リリアは眉間を寄せた凄（すご）い表情で、リリィを見ている。

「……いや、別に行きたくない」

「お姉ちゃん……」

寂しそうにリリィが目を伏せる。その表情に申し訳なさそうな様子のリリアだったが、特に怒っている様子はなさそうだ。

こうなると今度はリリィを助けてやりたくなり、俺は彼女の意見を後押しするように苦笑しながら声をかける。

「た、たまにはいいんじゃないか？」

二人はたまには休みを取ってこそいるが、それでもだいたいいつもギルドにいるようだ。

だからまあ、いい息抜きになると思うのだが。

それに、迷宮内の温度調整は完璧だからな。いつでもいい海水浴日和になっている自慢の迷宮だ。

俺とリリィの視線を受けたリリアは、表情を色々と変化させてから……諦めるように息を吐いた。

「私……そんなに泳ぐの得意じゃない」

「そうだったのか？　リリアって結構苦手なもの多いよな……」

確か、食事でもそうだった。一緒に冒険していたときなど、嫌いな食べ物などは露骨に残したり、省いたりしていたものだ。

普段はクールで完璧超人という雰囲気ではあるのだが、案外愛嬌があるというか可愛らしい部分が多いよな。

「別に泳げないほどじゃないけど」

むっと頬を膨らませる。

あまりからかうと怒られそうだ。

「安心してください。私もそんなに泳げませんから。浮き輪持っていきますよ」

「万が一があったらどうするの。リリィが溺れてしまったら、助けられない」

「それならルードとかにもついてきてもらいましょう。ね、いいでしょう？」

「でも、それだとリリィの世界一可愛い水着姿を晒すことになる……」

「ルードならいいじゃないですか！　お姉ちゃんのも見せれば差し引きゼロです！」

何をどう差し引いたのか明確に教えてくれないか？

脳内で必死に計算してみたが、リリィの思考回路は理解不能だった。

「泳ぎ、ねぇ……まあ、みんないるならいいけど。私もリリィの水着見たいし」

でもこの二人はいつも一緒にいるわけで、水着なんて今さらだとは思ったが口にはしなかった。

ちらとリリアがこちらを見てきたので、俺は苦笑しながら頷いた。

「……まあ、別に日程が決まれば大丈夫だぞ？」

もうすぐでモーの問題もどうにかできるかもしれないからな。

そうなればひとまず落ち着くわけで、こちらとしても遊びにいく余裕も出てくるはずだ。

それに、このチャンスを活かしてマニシアを海に誘うというのもありだろう。

……そう考えたら途端に楽しみが増えてきたぞ。今すぐにでも家に戻り、この話をしたい気持ちになってきた。

「……それなら、まあ、うん」

リリアの表情は緩んでいる。リリィの水着姿でも想像しているのかもしれない。

こいつは相変わらず、妹のことが好きすぎるな……。

もう少し妹離れしてほしいものだ。俺のように。

「私もお姉ちゃんの水着が見たかったんです。決まりですね！」

「……わかったから。ルード、再確認だけど今回の迷宮もルードたちが作った、でいい？」

「まあな。だから、かなりアバンシアにとって都合のいいようになってるぞ」

「確かに一階層で海水浴ができて、おまけに魔物も出ない設定はやりすぎ」

苦笑しながらの彼女の言葉に俺も同じように笑うしかない。

「そのくらいやっても別にいいだろ？　アバンシアは運がいい、くらいで済むしな」

「まあ。こっちとしても報告書をこんだけ作ってもらえるなら文句はない。これからもお互い楽しよう」

リリアが報告書をテーブルに置いてから笑みを浮かべる。彼女らに対して、俺も頷(うなず)いて返した。

「とりあえず、こんなところだけど大丈夫か？」

「うん。また必要なことがあれば連絡する」

「はい。海水浴の日もちゃんと話しましょうね」

「了解だ。俺もマニシアとかに話してくるな」

「マニシアの水着が見たいとか？」

「当たり前だろ」

「うわ、シスコン」

おまえに言われたくないぞ。

リリアに内心でツッコミつつ、俺はギルドを後にした。

第三十八話　新しい魔物

海水浴の日については、ひとまず全員が水着を確保する必要があるということでアバンシアに出入りする商人やギルドに入荷をお願いしつつ、それが届いてからまた調整することになった。

アバンシア第二迷宮はすぐに話題になり、多くの冒険者たちが訪れていた。

まだ、迷宮自体の攻略などが目的ではなく、海水浴を楽しむ人たちが多かった。

俺たちは、さらに一階層増やし、冒険者たちが入れないように設定してから、そこで日々ポイントを回収していた。

とにかく毎日だ。

ニンとルナに毎日回復してもらって稼いだ結果。

ポイントはかなり貯めることができた。

これで魔物を作ることはできるだろう。

そんなとき、ちょうどモーから連絡が来たので、俺たちは迷宮へと向かった。

管理室へと移動した俺は、アモンから小さな板を渡された。

それの表面に手を触れると、淡い光が溢れ出し迷宮の管理画面となる。

すっかり慣れてはいるが、この技術もかなりのものだよな。

ただ、アモンたち魔王もどういう原理かはよくわかっていないらしい。

『ポイント集まったんだっけ？』

姿を見せたモーが俺が持っていた板を覗き込んでくる。

「ああ、魔物を作れるんだけど、どんな魔物がいいんだ？」

「強いの。ルードみたいな」

基準は俺か。

「それなら、ゴーレム系の魔物とかいいんじゃない？　頑丈でしょ」

ニンは俺をゴーレムだと思っているのだろうか？

「ただ、ゴーレム系は防御力は高いのじゃが、攻撃力はないのう。もちろん、ポイントを多く使って改良することはできるんじゃがな」

『防御だけだと、あーしが結局動かないと……それは面倒』

とりあえず、どんな魔物がいるのかも含めて俺たちは魔導書を眺めていく。

……聞き慣れた魔物から、初めて聞くような魔物まで様々だ。

どの魔物が強いのかはわからないため、確認するようにアモンへと視線をやると、彼女は考えるように視線を向けた。

「うーむ、わしもどれが強いかはわからんの。第一、同じ魔物でも個体差があるし、作成したときに能力も変わるんじゃ。あくまで、ここにある能力は目安じゃよ」

「さっき話していたゴーレムにしても、防御じゃなくて攻撃ができる個体が出る可能性もあるってことか？」

「そうじゃな。そこはこの迷宮の特性や召喚者たちにも関係するそうじゃが、どうなるかはわからぬの」

「なるほどな」

「ま、最後は運じゃな」

……そうなると、下手したら一回で目的の魔物を召喚するのは難しいかもしれないな。

モーの相棒である、フォーちゃんみたいな魔物が生み出せればいいのだが、そう簡単ではないかもしれない。

「どうする、モー」

『あーしはルードに任せるから』

信頼、というよりは押し付けられてしまったように感じる。

「ルードの運にかかっておるのぉ」

アモンもそんな感じか。

まったく。

どんな魔物にすればいいのか。

魔導書をペラペラとめくりながら考える。

今のモーに必要なのは力はもちろん、自律して活動できる魔物だろう。

聞いたことがある魔物だと、やはりドラゴンか。

フォーちゃんを見てみても、賢い子は多いからな。フォーちゃんともうまくやっていけるか？

そんな風に色々と見ていったときだった。

「なんだこれは？」

魔導書の魔物の一覧が表示されている中で、一行だけ文字が光を放っていた。

「どうしたんじゃ？」

「いや、この魔物の部分だけ光ってないか？」

「ぬ？」

アモンやモーに聞いてみたが、二人は顔を見合わせて首を傾げていた。

「特に光っておるようには見えぬが」

『あーしも。もしかしてルード疲れてる？　あーしのせい？』

心配そうにしてくるモーに俺は首を横に振る。

「いや、そういうわけじゃないが……」

それからもパラパラと見ていたが、魔物の文字が光っていたのはあそこだけ、か。

もう一度その場所に戻ると、また光を放っていた。

「……名前は、マーメイドロードンか」

たぶん、この迷宮が海の迷宮、だからだろうな。

もしかしたら、この子と相性のいい迷宮だから名前が光っていた可能性はある。

とはいえ、マーメイド系の魔物か。

「そいつにするのかえ？」

「少し、迷ってる」

俺が答えると、文字の光が一段強くなったように見えた。

気のせいか？

また光った。

まるで気のせいじゃないぞ！　とばかりの反応だ。

マーメイド系の魔物、というのはなんとなく特徴は知っている。

見た目の特徴は半人半魚の綺麗(きれい)な女性であることが多い。

ただ、戦闘能力はそんなに高くなかったような気がするんだよな。

声を使って状態異常にかけたり、仲間や敵にバフ・デバフをばら撒(ま)く。あとは水魔法などで攻撃していたような気がする。

……まだキグラスと一緒にいたときにどっかの迷宮で戦ったことがあったが、まったく苦戦しなかった。

もちろん、その個体がそんなにランクが高くなかったというのもあるだろうが。

うーん、どうするか。

やっぱドラゴンにするか？　さらに迷っていると、光が一段と強くなった。自己主張の激しいマーメイドだ……。

これは召喚しろ、ってことなのか？

光が弱まる。

それとも、ドラゴンがいいよ！　ってことなのか？　問いかけてみると、否定するように明滅している……。

賭けて、みるかね。

「アモン。この、マーメイドロードドンにしようと思う」

「ほぉ、そうかの。それじゃあ、ポイントで交換してみるといいんじゃよ」

アモンに頷(うなず)いて返してから、俺は魔導書に手を当て、マーメイドロードドンを引き換えた。

これで、あとは召喚できるはずだ。まずは、この迷宮内で試してもらおうか。

「モー、試しに召喚してみるか？」

『りょ。でも、あーし、やり方わからないんだけど、どうするのアモン？』

ちらと、アモンへ視線を向ける。

「魔力を込めながら魔物をイメージすればできるはずじゃ。というか、わしもルードも管理権を持っておるから召喚できるし、試しにやってみせようかの？」

『それじゃあ、任せる』

「ふむ……出でよ、マーメイドロードン！」

アモンは得意げに声を上げたが、しかし何の反応もない。

しばらく沈黙が辺りを支配し、アモンはさらに力を籠めるようにして扇子を振り下ろした。

「出でよ、マーメイドロードン！」

……しかし、二度目のアモンの呼びかけにも応じることはない。

これは、もしかして失敗では？

アモンがむーっと頬を膨らましながら、扇子を何度か振る。まるで駄々をこねる子どものような動きだ。

「アモン、掛け声が違う……とかそういうのはないのか？」

「こやつ、わしの呼びかけに反応はしてるんじゃよ！　なのに、拒否してるんじゃ！」

「……どういうことだ？」

「わしを迷宮の管理者として認めてないんじゃよ！」

むう、と頬を膨らましているアモンに俺は首を傾げる。

それじゃあ、どうやって召喚すればいいのだろうか？

そう思っていると、アモンが諦めた様子で腕を組む。

「ルード、やってみるんじゃよ」

「俺か？」

「そうじゃ。おぬしなら問題ないと思うんじゃよ」

……そうなのかね？

とりあえず、マーメイドロードンを召喚してみよう。

そう思った次の瞬間、眼前に煙が生まれる。その煙が晴れた瞬間、そこには人魚がいた。

透き通るような美しい銀髪を揺らしながら現れた彼女は、かなり肌の露出が多い恰好だ。

貝のようなもので胸元などは隠れていたが、それ以外は特に身に着けていない。

下半身は魚のような姿であり、確かに彼女が人魚なのだろう。

彼女は人魚の下半身で器用に立っているが、身長はかなり小さい。

顔立ちも幼く見えるのは気のせい……だろうか？

「掛け声とかは必要ないんだな」

「あったほうが気分が上がるじゃろう？」

特にそういうことはないが。

そんな会話をしていると、マーメイドロードンは周囲を見渡し、それから俺の顔を見て微笑んだ。

「あたしはマーメイドロードンのイルラよ！　まったく、早く召喚しなさいよねマスターは！」

ぷんすか怒った様子で声を上げたイルラ。

おお、話せるほどに知能が高いのか。

これ以上機嫌を損ねられても困るので、俺が代表して謝罪する。

「悪かったよ。えーと、イルラでいいんだよな？　さっき、アモンが召喚しようとしていたと思うが……そっちにはどうして応じなかったんだ？」

「だって、そんなちっこい奴知らないし。あたしはマスターによって作られた存在なのよ。だから、マスター以外の言うことなんて聞かないわ！」

……かなり我儘な子のようだ。

ちらとアモンを見てみると、「ち、ちっこい奴……」とぶつぶつ呟いている。

これは、少しまずいかもしれない。

「理由は、わかった。ただ、イルラにはこれから色々な仕事をお願いしようと思っていたんだけど、それは大丈夫なのか？」

「マスターのお願いっていうのなら、聞いてあげないこともないわ！」

「……じゃあ、俺からのお願いだ。今、こっちのモーが抱えている魔物退治の依頼とかをこなすことはできるか？」

「魔物退治!?　あたし、魔物ぶっ倒すの好きなのよ！　いくらでもやってあげるわ！」

キミも魔物では？　という言葉はぐっと飲み込んでおいた。

ひとまず、ちょっと我儘ではあるが命令はきちんと聞いてくれそうだ。

それに、こうしてコミュニケーションが取れるということからもかなりスペックの高い子ではないかと思う。

「イルラよ。わしも、一応この迷宮の管理者の一人じゃからな？　もう少し敬うという気持ちを持つんじゃよ」

「知らない人！」

びしっと指を突きつけるイルラ。

「じゃから、わしはアモン・スロース！　魔王の一人にして、おぬしの管理者じゃ！　いうこと聞かぬかこのチビ！」

「チビはそっちもでしょうが！　ぶっ飛ばすわよ！」

「おうおう、やってみるんじゃよ！　わしを一体誰だと思って――」

「ハイドロブラスト！」

おいっ！

イルラは問答無用で水魔法をぶっ放した。アモンがすかさず風魔法で守りを張ったが、

「ぬっ!?」

衝撃が凄まじかったようで、吹き飛ばされた。

それでも、すぐにアモンは空中に浮かび上がり、足を組みながらイルラを見下ろしている。

「ふむ……なかなかの魔法のようじゃが、この程度でわしを倒せるとは思わぬことじゃな」

「あたしだって、あの程度で本気だと思わないことね！」

それから、二人は魔法による戦闘を開始する。

イルラは水魔法が得意なようで、それらを連発してアモンを攻撃している。

とはいえ、アモンは慣れた様子でそれらの魔法を捌いていく。

お互い、どこか余裕を持ったまま魔法をぶっ放しているが……。

「モー、イルラかなり強いな」

『うん、強い。それはいいけど、止めなくていいの？』

「まあ、喧嘩(けんか)はお互い納得するまでやったほうがいいと思ってな」

『現実逃避してない？　だいじょぶ？』

「……」

……ずばり的中されてしまった。

モーとともに観客となっていた俺だが、アモンがさらに魔力を高めていく。

イルラもまた、呼応するかのように魔力を高める。

……いや、さすがにあれはまずくないか？

お互いどんな魔法を撃つのかわからないが、もしも魔法がぶつかり合ったら……下手したらこの階層がぶっ壊れるのではないだろうか？

それほどまでに高密度の魔力を準備したため、さすがに止めに入る。

「イルラ！　ストップ！　これ以上は禁止だ」

「マスター！　仕方ないわね、マスターがそこまでお願いするならやめてあげるわ！」

彼女は笑顔とともにすぐに魔法を引っ込めた。

「アモン！　そういうわけで、ここで終わりだ！」

「むっ！　ルードよ！　こいつにあとでちゃんとわしのことも説明しておくこと！　わかったの!?」

「ああ、わかったから」

アモンはぷんすかしていたが、多少戦ったこともあり落ち着いたようだ。

……イルラの能力を見ることもできたし、ひとまずこれでいいだろう。

俺のほうにぷかぷかと近づいてきたイルラはそれから、モーを見る。

「あんたがマスターの言っているモーって人ね？」

『一応この迷宮の作成者でもある』

「そうみたいね。仕方ないけど、マスターのお願いだし力を貸してあげるわ」

『ん、よろしく』

かなりの態度だが、モーが気にしている様子はない。

それどころかワクワクしているようにも見える。

モーは、自分の仕事の一部を手伝ってくれるならなんでもいいんだろうな。

「イルラ、そういうわけでこれからよろしくな」

「うん、よろしくねマスター！」

笑顔とともに頷（うなず）いたイルラは、どうやら俺には素直なようだ。

もしかしたら、100％俺の外皮から生み出された魔物……だからなのだろうか？

確かに、アバンシア迷宮のときもやたらと懐いてくれる魔物が多かったし、もしかしたらそれなりに関係しているのかもしれない。

『試しにあーしのほうに召喚してみてもいい？』

「ふふん、やってみなさい」

イルラが返事を返すと、その姿が消えた。

それから、しばらくしてモーのほうから声が聞こえてくる。

『ん、問題なく召喚できた』

『ふん、よろしくなさいよ』

『でも、その恰好だと目立つ。人の姿になることもできる？』

『当たり前よ！』

『おお……。これは、これから色々と使えそう……』

『ちょっと！　何ほっぺた触ってるのよ！　あたしの体はマスターのものなんだからね!?』

いや、別にそういうわけではないのだが。

モーが魔法で映る範囲を広げたのか、モーがイルラを抱きかかえている姿が映っていた。

イルラは確かに人間のような足をしているし、服装も少し幼げではあったがちゃんと身に着けている。

姿を変えるときに、そういった部分も自分で用意したのかもしれない。

『ルード。これから妹のように大切にする』

『妹じゃないわよ！』

「……とにかく、イルラ。モーに力を貸してやってくれ」

『わかったわよマスター！』

イルラはモーに抱きかかえられたまま、強く頷いている。

その様子を眺めていたアモンは、

「まったく、騒がしい奴じゃったな」

まだ不満げではあったが、それでも大人として堪えてはくれているようだ。

色々な問題はありそうだけど、実力も十分みたいだから、まあ当初の目的は達成できたと見ていいだろう。

「あたり、だよな？」

「そうじゃな。正直、あそこまでの力を持つ魔物はなかなかお目にかかれるものじゃないんじゃよ」

確かに、な。

俺たちが本気で戦えば倒せるかもしれないが、それでも高ランク迷宮のボス級でもさらに上位の力を持っているのは確かだ。

おまけに、人間とほぼ同じような姿にも変身できるのだから、隠密行動にも長けている。

凄まじいという他ない。

一つ問題も解決したところで、俺たちはアバンシアへと戻っていった。

とりあえず、これでマニシアとの海水浴に集中できるな……っ。

イルラを召喚してしばらくが経った。

アバンシア第二迷宮という名前で正式にギルドから情報が公開された。

それに合わせ、もともとあったアバンシア迷宮は、アバンシア第一迷宮という名称に変わった。

アバンシア第一迷宮ができたときのように、冒険者たちは盛り上がってくれていた。

どちらかというと、冒険者よりも一般の人たちのほうが盛り上がっているかもしれない。

海水浴が楽しめる第一階層があるということで、皆楽しんでいた。

店を構えていたクランなどはもう大喜びで様々な品物が運び込まれてきていた。

第一階層では、魔物が出ないこともあり、出店を構え、砂浜で稼いでいるクランもあるそうだ。

今のところ、大きな問題もなく皆が楽しんでくれているようで俺としても計画通り、って感じだ。

そして――。

俺は今、アバンシア第二迷宮に来ていた。

場所は一般公開されていない第六階層。一階層のように砂浜と海が広がるこの階層で、俺は――。

「兄さん」

マニシアの呼ぶ声が聞こえた。

来た。昂(たかぶ)る心を抑えつつ、俺はゆっくりと振り返る。

そこには、白い水着に身を包んだマニシアの姿があった。

少し照れた様子の彼女は、上目遣いにこちらを見てきていた。

天使だ。この迷宮に、天使が舞い降りてしまった。

俺はその昔、神様を恨んだことがある。だが今は違う。

マニシアにこれほど似合う水着を作ってくれて、ありがとう。

「兄さん……？　どうしました？」

「いや、なんでもない。似合うな、マニシア」

「そうですか？　最近はよく食べるので少し気になっていたのですけど……」

「いや、そんなことない。とても似合ってるぞ！」

確かに、マニシアは体の調子が良くなってからは食事の量も増えていた。

とはいえ、まったくもって太っているということはない。

マニシアと話をしていると、こちらに近づいてくる気配を感じた。見れば、ニンとルナがいた。

ニンは堂々とした様子で、ルナは少し恥ずかしそうにしていた。

ルナは胸元の魔石が気になるのか、上に服を羽織っている状態だ。

「どうよ。悩殺されちゃったんじゃない？」

ニンが投げキッスをするかのようにしていたが、俺は首を横に振って返す。

「いや、そんなことはないが。似合ってるな」

「えー、もっといい反応ないの？　マニシアのときに比べてなんだか弱くない？」

「そりゃあ、妹なんだからな」

当然だろう？

すでに泳ぎ始めているリリィとリリアだって見てみろ。

リリアはリリィの水着姿にずっと見惚れているじゃないか。

長女、長男というものはそういうものなんだ。

砂浜ではマリウスとグラトが城を作っている。アモンも来ているのだが、彼女は砂浜では足だけを水につけている。

　あまり乗り気ではなさそうに見えるのは、もしかしたら彼女も泳ぐのは得意ではないのかもしれない。

「さて、あたしたちも泳ぎに行くわよルナ！」

「は、はい！」

　ルナは緊張した様子ではあるが、ニンとともに海へと向かう。

　俺も泳ぎに行きたいところだが、まずはマニシアだ。

「マニシアも泳ぎに行くか？」

「はい……そうですね」

「どうした？」

　なんだか少し考えるような表情だ。

　また体調が悪くなってしまったのではないかと思っていたが、マニシアは口元を緩めていた。

「こうして、自由に皆さんと遊べるようになるなんて思っていなかったので、なんだかまだ夢なんじゃないかって思っちゃいますね」

　そういう、ことか。

「確かに、そうかもしれないな。でも今は夢じゃないんだ。いっぱい遊ぼう」

「……はいっ」

俺とマニシアも海へと向かっていく。

モーのためにと色々頑張ってきたが、マニシアの笑顔も見られて俺としては大満足だった。

第三十九話　依頼

海でひとしきり遊び終えてからしばらくが経過した。

モーからも定期的に連絡が来ていたが、イルラも今のところうまくやっているようだ。

魔物討伐においては、かなりの力を発揮してくれているようで、モーは妹のように可愛がっているとのこと。

イルラもモーの屋敷でご馳走をいただいているそうで、楽しんでくれているようだ。

……とりあえず、平和だな。

そんな日々を暮らしていたのだが、俺はギルドから呼び出された。

職員に案内されるまま、俺はギルドマスターの部屋へと来ていた。

中では、リリアとリリィが待っていて、ソファへと腰かけるよう促された。

「今日は来てくれてありがとう」

「それで、内容はなんだ？　迷宮の話か？」

ギルドから呼び出されるとしたら、それではないか？

そう思っていたのだが、リリアは首を横に振った。

「迷宮は問題ない。まあ、アバンシア第二迷宮は魔物の評価はあんまり高くないから、その辺りは調整したほうがいいかもと思ったけど」

「……確かにな。でも、あんまり珍しい魔物の素材とかわからないんだよな」

最近、アバンシア以外の迷宮に挑んでいないため、今需要のある魔物がわからない。

世の中には今も絶えず様々な迷宮が発生し、危険と判断されたものや不要と判断されたものは破壊されている。

だから、日々素材の需要は変わってくるのだが、アバンシアにいるだけだとそういった情報は入ってこない。

リリアが視線をリリィに向けると、彼女が持っていた資料を笑顔とともに渡してきた。

「これは？」

「とりあえず、珍しい魔物をピックアップしておいたものですよ。この中から迷宮で準備できそうな魔物がいれば、たぶん海水浴目当て以外の人も来るようになるはず」

「そうか」

そうなると、ますますアバンシアも注目されることになり、国や領主様からの手当も増えるかもしれない。

そうなれば、結果的に村の人たちが過ごしやすくなっていくな。

「ありがとな、リリィ」

「ふふん、もっと褒めてもいいですよ」

胸を張る彼女に苦笑していると、リリアが切り出してきた。

「それじゃあ本題。今回ルード個人宛にギルドを通して手紙が来た」

リリアの言葉にリリィが首を傾げる。

「それってもしかしてファンレターとかですか？」

「違う。ある公爵家の人から」

この国には全部で三つの公爵家があるが、公爵、と聞いて真っ先に思い浮かんだのはニンだった。

リリアが差し出してきた手紙を見て、俺はすぐにニンとは関係がないことを理解する。

渡された手紙にされていた封蝋の紋章……それは見覚えがあった。

「これは……レスラーン家のものか」

昔、俺がお世話になったことのある家だった。

「知ってるの？」

「ああ、徒弟として……俺がお世話になった家のものだ」

「それってルードとマニシアちゃんが拾ってもらったときのことですよね？」

リリィの言葉に、頷く。

「そうだな。まあ、冒険者になってからはそれ以上何かあるわけじゃないんだけど」

どうしたんだろうか。

手紙を取り出し、中を確認してみる。

差出人はメロリア・レスラーン。

レスラーン家の三女であり、俺とよく話をしてくれた人だ。

懐かしい気持ち半分、公爵家からの手紙ということもあり少し緊張しながら、その手紙を読み進めていく。

内容に目を通して、安堵の息を吐いた。

「だ、大丈夫ですか？」

心配そうにしていたリリィが聞いてきた。

「ああ、特に大きな問題はないな」

結論としてはそれだが、リリィは内容が気になるようだ。

「レスラーン家は今、迷宮都市で冒険者学園の管理をしているらしいんだけど、知っているか？」

「迷宮都市って、確か迷宮都市アイレスですかね？」

リリィが確認するようにリリアを見ると、彼女が頷いた。

「そう。レスラーン家が行っていた徒弟制度だけど、うまくいった部分といかなかった部分があった。騎士として登用されるまでいかず冒険者として過ごす人もいたから、今は冒険者の教育も行える場を用意するために学園を作った、らしい」

手紙にも簡単に概要が書かれていた。

迷宮都市の建設自体は、俺がレスラーン家にいたときから行われていたもので、そこにある冒険者学園はちょうど俺が冒険者になったくらいのときから運営が始まったという。

「ああ、みたいだな。そこで今度実習として見習い冒険者たちが迷宮に入るらしくてな。それの付き添いを俺たちのクランもできないかってお願いされてるわけだな」

レスラーン家は元々孤児たちを支援することに力を入れていた。

俺もその中で拾ってもらったわけで、それが今は学園という形で冒険者の指導を行っているというわけだ。

ギルドやクランと連携しつつ、なるべく多くの人を救い上げるのが目的だ。

レスラーン家はもちろんなのだが、冒険者学園の管理をメロリア様が主導していて、俺との縁もあるためこうして手紙を送ってきてくれたわけだ。

もちろん、うち以外のクランにも手紙は出しているようではあるが。

「なるほど、そういうことなのですね。依頼は受けるのですか？」

「ああ。もちろんだ」

報酬も用意されているとあるが、俺たちのクランメンバーで攻略できる迷宮のレベルなどから考えるとその金額は微々たるものだ。

旨味があるわけではないが、それでも俺は昔お世話になった恩がある。

誰が参加するかは皆にも確認する必要はあるが、それでも俺は絶対に受けようと思った。

そんな俺の返答を聞いたリリアが、じっとこちらを見てきた。

「迷宮都市の冒険者学園に行くなら、依頼を受ける前にやっておいたほうがいいことがある」

「なんだ？」

「ランク上げ」

「冒険者ランク、か？」

「そう」

確かに、そうかもしれないな。

「Fランク冒険者として活躍中の方に来てもらいました！」よりも、「Aランク冒険者」と紹介されたほうが明らかに生徒たちからの信頼感が違うだろう。

現状、我がクランの冒険者たちのランクを思い出す。

……ニンはAランクだが、それ以外は全員Fランクである。

つまりまあ、高ランク冒険者がいない状況だ。

いや、皆めっちゃ強いんだけど、ランクに関しては迷宮の攻略などをしたときに更新しないといけない。

　特に必要ないかと思っていたが、やはり対外的に見たときにランクは一つの指標になる。それによって発言力も変わってくるからな。

「そういえばルード。今度冒険者ランクがSランクまで引き上げられることになったんですよ！」

「そうなのか？」

　魔界ではすでにSランクまでの枠があったが、人間界でもそうなるのか。

「ここ最近の冒険者の実力が上がっていますからね。Aランクもかなり増えてきていて、さすがにもう少しランクを作ったほうがいいかということになったんですよ」

「なるほどな」

　確かにAランクでも実力が大きく違うとなると依頼の難易度を判断する人も大変だよな。

「それで、ちょうどSランク冒険者を目指して二大クランたちも迷宮に入ったり、依頼を攻略しようとしているのですが、どうですかルード。現状最高難易度の一つである迷宮に挑戦しますか？」

「……それを攻略できれば、Sランクになれるのか？」

「はい。問題ないですよ。それじゃあ、参加するということで」

リリィがいつにもまして積極的なのが、少し気になるな。

「そんなに言われると、何かあるのか？」

「え？　えーと、別にないですよ？」

明らかに目が周囲を向いている。

「……単純に、Sランク冒険者と交友関係があるギルド職員っていうのはそれだけで評価に繋(つな)がる。リリィは私のためにルードたちをSランク冒険者にしたいんだと思う」

「なるほどな」

そういうことか。

バレた、という顔で慌てているリリィだったが、俺は苦笑する。

「リリアとリリィにもお世話にはなってるからな。俺たちが力になれることは言ってくれ。いくらでも力を貸すから、気にするな」

俺がそう言うと、リリアが小さく息を吐いた。

「……まったく、お人よしなんだから」

「それじゃあ、ルード、張り切っていきましょう。当日は、私が試験官として同行しますからね」

くいっとつけてもいない眼鏡を上げるような動きとともにリリィが微笑(ほほえ)む。

「了解だ」

久しぶりに、純粋な迷宮攻略だ。

でも、高ランク迷宮ということは、やはり魔王などが関係しているのだろうか？

迷宮に挑戦するときはアモンにも確認しておかないとな。


冒険者ランクを上げるため、俺たちは高ランクの迷宮攻略へと向かうことになった。

リリアとリリィが話していたSランク迷宮は、アレスタシアという町の近くにあるそうだ。

リリィとともにアレスタシアへと移動した俺たちは、アレスタシアのギルドで受付を済ませる。

あまり大きなギルドではないのだが、それでも冒険者たちの視線がちらちらとこちらに集まっていることがわかる。

……今回の高ランク迷宮の攻略を行うと知っているからだろう。

「ルード。これで、受付終了しましたよっ」

しばらく、注目に晒されることになっていた俺たちだったが、受付も終了した。

戻ってきたリリィに頷いてから、俺は皆へ視線を向ける。

「それじゃあ、そろそろ行くとするか」

今回の迷宮に挑戦するのは、俺、ニン、ルナ、マリウス、アモン、グラト、そしてイルラだ。

今クランに所属しているメンバーを集めた形になる。

全員でSランク迷宮を攻略すれば、その際に挑戦した人々全員がSランクになる資格がある。

ギルドを離れたところで、俺はイルラを召喚するための魔力を集める。

事前にモーとは打ち合わせをしていて、今日はイルラを自由に使っても問題ないとわかってもいる。

俺が魔力を込めると、眼前に魔法陣が浮かび上がり、そしてイルラが姿を見せた。

「……マスター！」

こちらと目が合うと同時だった。

イルラは目を輝かせながら飛びついてきた。

人魚ではなく、人間状態の姿だ。

動きやすそうなシャツと短パンの姿は、彼女の子どもらしさに似合っている。

抱きつかれるのはまだ慣れないが、イルラくらいなら妹みたいなものだ。もちろん、俺の中での絶対的妹はマニシアなんだけど。

「マスター、これから迷宮攻略に行くのね⁉」

「そうだ。そういうわけで、そろそろ背中から下りてくれないか？」

背中に張り付いてきた彼女にそう答えるのだが、彼女はぶんぶんと首を横に振る。

「いやっ！　向こうで頑張ってたご褒美をくれなさいよ！」

……そう言われると、こちらとしても否定しづらい。

召喚して色々とこちらのお願いを聞いてもらっているわけだからな。

「まったく、ちょっとは離れなさいよね」

ニンが呆れた様子でこちらを見ていたが、その反応は仕方ないだろう。

ルナにもじぃっと見られるし、やはりできれば自分の足で歩いてほしいのだが、まるで離れてくれる気配はない。

これは、どうしようもないな。特に重さを感じないのは、恐らくイルラが何かしらの魔法を使っているからだろう。

戦闘にも支障はなさそうなので、このままで行くしかないだろう。それに、魔物が要求する褒美としては安いものではないだろうか？

「とりあえず、迷宮に向かおう。皆、油断するなよ」

「背中にイルラ張り付けたまま言っても説得力ないわよ」

冗談っぽく言ったニンに、何も反論できぬまま俺は皆とともに迷宮を目指して歩いていく。

進みながら、ぽつりとアモンが悔しげに言葉をこぼした。

「本当に懐いておるの……わしだって、一応管理者なのじゃがな」

「そういう意味ではわかっている奴だな」

マリウスの言葉にアモンがじっと睨む。

近くにいたグラトがアモンを宥めるように口を開いた。

「まあまあ、二人とも。やっぱり、ルードの外皮を使ったから、とか関係あるのかな？」

「どうじゃろうなぁ。一人の外皮で魔物を作るなんてわしは試したことがなかったからの。まあ、あれを見る限り無視できないほどの影響がありそうじゃな」

「だな。オレの迷宮だって、ルードの外皮を吸い取って強化されていた魔物たちはルードに懐いているんだしな」

魔王たちと、その力を持っているグラトはイルラについて色々と研究しているようだ。

確かに、イルラは俺に懐きすぎているからな。今後も魔物を作るたびにこうも干渉されてしまうとなると、それはそれで大変そうなので、原因を追求してくれるのならしてほしいものだ。

そんなことを考えていると、リリィが声をかけてきた。

「ルード、今日の目的はわかっていますか？」

彼女は俺たちの試験官として同行しているため、今回は戦闘には参加せず、『ダンジョンウォーク』などの補助も行わない。彼女はいないものとして扱う。

「ああ。最深部、と思われる第四十階層まで降りて魔物を倒すことだろ？」

「はい。この迷宮は最近周囲に魔力を吐き出していて、外の魔物や土地にも悪影響を与えていますので、完全に破壊してしまって大丈夫です」

「了解だ」

……完全なる破壊、か。

迷宮の管理者がいる場合、迷宮を破壊するためには管理者を倒す必要がある。

今回の迷宮は、どうなんだろうな。

高難易度の迷宮では、最奥まで行っても迷宮のコアがないことも多い。

それはつまり、迷宮の最深部を冒険者たちに見えるように公開していないということでもある。

迷宮に着いたら、改めてアモンに確認してみようか。

迷宮へと到着すると、入り口を見張るようにギルド職員が待機していた。

危険な状態の迷宮では、このように監視役を用意することもある。

この迷宮がそれだけ危険な状態であるのだろう。ギルド職員は俺に対して奇異の視線を向けてきたが、リリィがすぐにギルドから派遣されてきたことなど、事情を説明していく。

話を終えると、一人のギルド職員とともにリリィが俺たちに視線を向けてきた。

「それでは、彼女が迷宮の三十五階層まで案内してくれますから、『ダンジョンウォーク』を使える人が同行してください」

……試験開始、なんだろう。

リリィがそれまでに見せていた穏やかな雰囲気がなくなり、どこか鋭さを秘めた表情となる。

こうなると、リリアと双子なんだなぁと思う。

「それでは、私が行きますね」

「ああ、頼む」

このパーティーでは、基本的に『ダンジョンウォーク』を使用するのはルナだ。発動がもっとも早いからな。

一応、他の人たちも使えるがあくまで緊急時のみだ。

ルナがリリィたちとともに、迷宮へと向かう。

しばらくして、三人が戻ってきた。これで、ルナは三十五階層へと移動できるようになったのだろう。

同行したギルド職員は今まで通りの監視役へと戻り、俺たちのほうへ戻ってきたリリィもきりっとした表情とともに口を開いた。

「それでは、これから私は試験官として同行するだけになりますから、皆さん、頑張ってくださいね」

リリィの普段と違う様子にニンは苦笑しつつも、頷いている。むっとリリィがニンを見ると、ニンは誤魔化すように視線をそらしている。

……俺もニンと同じような気持ちだが、今の彼女は試験官だ。

からかったらどんな評価にされるかわからないからな。

俺たちは迷宮に入っていく。

入り口から一階層へと繋がる階段を下りていった先には、建物があった。

「……神殿か？」

俺は抱いた感想をそのまま口にする。

まさに、神殿のような見た目をした建物がそこにはあった。その中が、迷宮らしい。

「見たことないわねこんなの。このまま教会として運用できそうなくらい立派じゃない」

「マスターとニン様も、初めて見たのですね」

最初に入ったルナが疑問を口にする。

「あたしは見たことないわよ。普通、迷宮っていったらいきなり魔物が出るエリアなんだけど」

「……そうだな。アモン、この迷宮はかなり難易度も高いみたいだけど、やっぱり魔王とかが管理しているのかな？」

アモンなら迷宮に関しては詳しい。

だから今回も聞いてみたのだが、アモンは難しい表情をしていた。

まるで何か考え込むかのような様子であり、俺の言葉は聞こえていないようだ。

「アモン？」

「ぬ!?」

俺が顔を近づけると、彼女は驚いた様子で声を上げた。

普段よりも一段高い可愛らしい声を上げた彼女は、周りから注目されていることに気づいたようだ。

恥ずかしさを隠すように咳ばらいをしたあと、小さく息を吐いた。

「この迷宮はちょっとばかり、気を引き締めたほうがいいかもしれぬの」

「どういうことだ？」

「明言はできぬが、この迷宮は……わしら魔の者たちとは関係のない迷宮、と思われるんじゃ」

「……そう、なのか？」

アモンがそこまで言うなんて、かなりのものではないだろうか？

思わず唾を飲むと、アモンがマリウスに問いかけた。

「のう、マリウス」

「うん？　オレはよくわからんぞ？」

アモンとは対照的に能天気な笑顔のマリウス。

「ポンコツめがっ！　グラトはどうじゃ!?」

「僕もよくわからないよ？」

グラトもにこりと微笑。その様子に、アモンが目をくわっと吊り上げる。

「うなぁ！　まったく！　おぬしらはぁ！　このくらいは知識として持っておれ！」

「さすが、年季が違うな」

マリウスがケラケラ笑いながら言うと、アモンが頬をひくつかせていた。

ま、まあ、状況はわかった。

「結局、この迷宮はどんな迷宮なんだ？」

「まだ、断言できる段階ではない……のじゃが……魔王以外が、迷宮を管理している可能性はある、ということじゃ」

「……魔王、以外？」

俺の問いかけにアモンはゆっくりと頷いた。

……魔王以外の管理者。

そんなものは考えたこともなかった。

まさか、魔王以外の管理者がいるなんて……。それに驚いていると、ニンがあっけらかんと口を開いた。

「じゃあ、もしかして、ここも人間が代行しているってこと？」

……ここも？

ニンの言い方に引っかかった俺だが、そこで俺は自分のことを思い出した。

そういえば、俺は一応迷宮の管理者か。

自分のことは完全に頭から抜け落ちていた。

しかしアモンは、ニンの言葉に首を横に振った。

「……人間、でもないのこれは」

「じゃあ、他に何がいるっていうのよ？　まさか、魔物が自主的に管理しているわけでもないでしょうが？」

「……天使じゃ」

アモンがぽつりと漏らした言葉に、俺とニンは思わず顔を見合わせた。

近くで聞いていたグラトもぴくりと反応し、マリウス、ルナ、イルラは首を傾げていた。

……ルナとイルラはともかく、マリウスは知っておくべきことではないのか？

「天使じゃよ。我ら魔王と対となる存在じゃな。奴らもまた迷宮の管理をしておるからの」

「……天使って。天使っていえば、あたしたち人間の味方をしてくれる……架空の存在よね？」

　ニンは自分の知識の範囲からの問いかけを投げる。

……この中だと、恐らく常識的な部分の知識はニンがもっとも持っている。

それに、俺もそこまで詳しくはないがニンの知識に間違いはないと思えた。

「俺も、聞いたことはある。神様が俺たち人間にスキルや外皮を与えてくれ、魔の者たちと戦う力をくれたって」

「それはまた都合のいいことを言っておるの。まあ、当たらずも遠からずといったところじゃな」

「……どういうことだ？」

「奴らは人間を手駒にしたいだけじゃよ。まあ、ともかくじゃ。向こうがおぬしたちのいう天使と同義の存在であれば、何も邪魔はしてこぬはずじゃ。素直に迷宮も破壊させてくれるじゃろう。まあ、多少警戒しながら、いつも通り迷宮攻略をしていけば大丈夫じゃよ」

　確かに、そうだな。

相手が誰であろうとやることは変わらないはずだ。

「……そうだな」

「ま、あたしも別に神とか天使とかどうでもいいし、アモンの言う通りね」

元聖女がそんなことを言ってしまっていいのだろうか？　まあ、ニンだからいいか。

俺もニンと同意見だ。

神とか天使とか、それらの存在に対して特別な思いはない。

マニシアをこの世界に降臨させてくれたことは喜ばしいが、マニシアの体に病を与えたのもまた神だからな。

感謝半分、怒り半分。

だから俺は別に神というものを信仰してはいなかった。

とはいえ、アモンは魔の者側の人だ。どちらかといえば、そちらに偏った意見になる可能性もある。

天使が敵かどうかはわからないが、いつも通り警戒しながら進めばいいだろう。

「まあ、とりあえず面倒な敵はすべて倒していけばいいんだろう？　今までとやることは変わりないってことでいいのか？」

「ま、マリウス様の言う通りです。神様とか天使とかよくわかりませんが、私はマスターの敵を薙（な）ぎ払うだけですから」

「ここにいる人たちだと、関係ない話だよね」

マリウスたちの言葉に俺も頷く。

ひとまず、ルナの『ダンジョンウォーク』発動を待ちながら、ニンに問いかける。

「ニンは神様とか天使には詳しいんだよな」

「なんか聖女時代にそういう勉強はさせられたわね。神様があたしたちに外皮とスキルを与えてくださったって。でも、だとしたらあんまり融通の利かない奴ねぇ、とは思ったことがあるわね」

「そうなのか？」

「だって、強いスキルとか外皮とかを人間にたくさん配ればもっと楽じゃない？　神様ってのもたいしたことないわね、って思っちゃったわよ」

「……そ、そうか」

わかっていたが、このパーティーに信仰心のある人は誰もいないな……。

まあ、そのほうがやりやすいよな。

ルナの『ダンジョンウォーク』の準備ができたところで、俺たちは三十五階層へと移動した。

三十五階層へと移動した俺たちは、すぐに次の階層へと向かうため、ルナに探知魔法を使用してもらう。

次の階層へと繋がる魔法陣が見つかってくれればいいんだけどな。

「ルード。質問あるんだけど」

グラトがちょいと手を上げながらこちらを見てくる。

「なんだ？」

「この迷宮って全体的に難易度高いんだよね？　この階層までギルドの人たちだけで攻略できたの？」

「いや、この階層までは、隠密系スキルを持っている人たちで開拓したみたいだが、ここでは看破されてしまったらしくてな」

この迷宮の悪影響を知ったギルドは、できる限りすぐに攻略できるようにと最高到達階層を延ばしていったそうだ。

まずは、数少ない迷宮の最深部を調べるための魔法で、この迷宮が第四十階層まであることを調べた。

そこからは、ギルド職員たちが隠密行動で階層を増やしていって、この三十五階層まで開拓してくれたというわけだ。

かなり危険な橋を渡ったのは確かだろう。

ルナに魔法で調べてもらっているときだった。

「魔物、来てるわね」

ニンの声が響いた。

俺がそちらに視線を向けると、リザードマンが四体ほどいた。

「リザードマン、か」

普通の個体なら、それほど苦戦するような相手ではない。

だが、この迷宮の難易度を考えれば、油断できない相手だ。恐らく、高ランクの魔物程度の力を持っているはずだ。

「俺がいつものように引きつける、全員戦闘準備をしてくれ！」

俺はそう宣言して、すぐに『挑発』を発動する。

それと同時だった。

「あたしは攻撃と支援、どっちやったらいい？」

背中にまだ張り付いたままのイルラが声をかけてきた。

……まるで重さを感じなかったので忘れていたな。

「……状況を見て、得意なほうをってのは可能か？」

「任せなさいよ!!」

頼もしい返事だ。

どうやらイルラは俺に張り付いたままでいるつもりのようだ。

俺が地面を蹴ると、リザードマンも同じように地面を踏んだ。

やはり、速いな。

通常の個体ではなく、何かしら強化が施された個体だろう。

四体が見事な連携で攻撃を重ねてきたが、俺は外皮と魔力で強化した肉体で対応する。魔気纏いまでは使う必要はなさそうだ。

大盾で攻撃を捌いているときだった。歌が聞こえた。

俺の耳に届いた美しい声は、イルラのものだ。彼女の声を聞いた瞬間、体の底から力が湧き上がってくる。

支援魔法か。さらに、ルナとニンの支援魔法も俺に届き——リザードマンの力を上回った。

思い切り大盾を振り抜いてリザードマンを弾き飛ばすと、そこに向けてルナとニンとアモンの魔法が襲いかかる。

一体を仕留めた。

起き上がったリザードマンへ、マリウスとグラトが近づいて剣を振り抜く。

リザードマンが即座に魔法を放ったのだが、それを読んでいたのだろう。

グラトが吸収し、その隙にマリウスが刀で首を弾いた。

……皆の動きもかなり軽やかだ。

これだけ支援魔法を重ねられれば、そりゃあ戦いやすいよな。

ただ、少し注意しなければならないのは、強化されたあとの体と、強化が解除されたあとだな。

強化があると思って突っ込んでしまったら大怪我(けが)を負いかねない。

「あんまり無茶して突っ込むなよ」

「わかっているさ」

もっとも敵に突っ込んでいくことの多いマリウスだが、彼だって無鉄砲な攻撃を続けるわけじゃない。

リザードマンたちはすぐに殲滅(せんめつ)できた。

……問題ないな。

ここにいる魔物よりは、ネイス魔石鉱のほうがよっぽど大変だった。

「マスター、あちらに次の階層に繋がる魔法陣があるようです」

「わかった。案内を頼む」

「はい！」

ルナには次の階層を見つけることに集中してもらいながらでも、問題ないな。

道中、何度かリザードマンからの襲撃にはあったが、問題なく仕留めることができた。

その調子で、三十五階層は問題なく進んでいき、一つの疑問が浮かぶ。

天使が、管理しているというのは本当のことなのだろうか？

とはいえ、アモンが嘘をつく意味もなければ、理由もない。

「天使は何を考えているんだろうな」

「さあの。奴らはわしらと違って何を理由に迷宮を管理しているかはさっぱりじゃ。奴ら天界も外皮から得られるエネルギーでも欲しておるのかの」

案外、そんな理由もあるのだろうか？

まあ、天使に会って直接聞けば済む話か。

そんなことを考えながら、俺たちは次の階層へと進んでいった。


「マスター、次で四十階層になりますね」

「……ああ」

ルナが言っていた魔法陣も見えてきた。後は、あそこに向かうだけだ。

……第四十階層が本当に最終階層だとすれば、そこに迷宮の管理者、あるいはボスがいるはずだ。
俺たちはまっすぐに魔法陣へと踏み込んだ。
……周囲を警戒する。
だが、特におかしな様子はない。
いつものように誰かが迎えてくれるようなことも……ない。
場所は大広間。
見晴らしがよく、周囲には何もない。
少し離れた奥には扉のようなものがあった。
……あれは、普通の迷宮なら、最深部——迷宮の核がある場所へと繋がる扉だろう。
となれば、あの扉を守る魔物がいるはずだ。
「上から来るわよ！」
ニンがすかさず声を張り上げると、すぐに俺の体が軽くなった。
イルラの支援魔法か。
顔を上げると、上から落ちてきたのは……ゴーレムのような魔物だ。
落下しながら持っていた斧を振り下ろしてきたが、俺はそれを大盾で受け止める。
同時に魔力で全身を強化し、その体を殴り飛ばした。
倒した……わけではない。すぐに起き上がったゴーレムは、体に魔力を纏わせながらこちらを睨みつけてくる。

「……こいつが、この迷宮のボスモンスターか」

かなりの迫力だ。

魔石鉱で戦った魔物たちと同程度の迫力がある。

——だが、同程度だ。

それは俺以外も感じたようだ。Sランク迷宮の最深部に来たというのに、全員の表情はどこか落ち着いている。

「ねぇ、ルード。なんかあのゴーレム……弱く感じない？」

「……そうだな」

別に、油断とか驕りがあるわけではない。

だが、これまでの戦いと比較すると——迷宮の最下層で戦う相手がこの程度でいいのだろうか？　と思ってしまった。

「ゴアアアアア！」

ゴーレムはそんな俺の態度に気づいたのか、苛立ったように声を張り上げ、突っ込んでくる。

持っていた斧を振り回してきたゴーレムに、俺も『挑発』を放ちながら突っ込み——その体を吹き飛ばした。

体勢を崩したゴーレムに、マリウスが襲いかかる。振り抜いた一閃が、ゴーレムの片腕をいとも容易く切り落とす。

「ゴ、ゴガ!?」

慌てた様子のゴーレムが魔法を放とうとしているのがわかった。

狙いはルナたち後衛組だ。

『挑発』で引きつけようかと思ったが、グラトが首を横に振っている。

あちらに任せてしまっていいだろう。

「ゴアアアアア！」

ゴーレムが雄叫びとともに作り出した岩の塊が、ルナたちへと迫る。

だが、その魔法は途中で消失した。グラトが吸収し、それをお返しした。

「ゴ、ア……」

跳ね返されたゴーレムがよろよろと体を起こしたときだった。

ルナ、ニン、アモンの魔法がゴーレムに放たれた。

三人の放った風魔法が合わさり、その全身を切り刻む。

持ち堪えたのは一瞬。風の刃を全身で受けたゴーレムは、その岩が砂になるほどに切り刻まれた。

「ゴァァ……」

最後に聞こえた断末魔も、吹き荒れた風によって遠くへ消えていく。

「……余裕、だったな」

まだ天使が襲いかかってくる可能性もあるため、周囲を警戒していた。

以前、アモンはここで奇襲を仕掛けてきていたがその可能性もなさそうだ。

「天使はいなかったな」

「そうじゃな」

「ここにはいないの、わかっていたのか？」

「確証までは持てなかったが、どうやらここはあくまでサブの迷宮なんじゃろうな。管理者は別の場所でこの様子を見ていたかもしれぬがの」

もしそうだとしたら、俺たちの力を探ってでもいたのだろうか？

結局天使を見ていない以上、憶測以上で語ることはできない。

……今後その管理者に狙われることがなければいいのだが。

「面倒なことにならなければいいんだけどな」

「まあ、そのときにはあたしがいるんだし大丈夫でしょ！　ね、マスター！」

背中に張り付いていたイルラが元気よく声を上げる。

「……まー、そうだな」

イルラには基本的にモーのお手伝いをしてほしいので、あまり頼りにはならないが今はこう答えておいたほうがいいだろう。

笑顔で背中にぎゅっと抱き着いてくるイルラに呆れながらの視線を向けていると、ルナと目が合った。

なんだか頬を膨らませている。

「どうした？」

「い、いえ別になんでもありませんが……」

「ルナもルードの背中で休みたいみたいよ。ちなみに、あたしもー」

「勘弁してくれ」

ルナもニンも背中に張り付いてみろ。それはもうただの止まり木じゃないか。

ひとまず、敵襲もなさそうなので俺たちは開いた扉から奥へと向かう。

小さな通路の先には、大きな魔石が一つあった。

それが、迷宮の心臓部だ。一応、俺たちの迷宮にもこの部屋はあるのだが、冒険者たちが入れるような設定にはなっていない。

魔石を手に取ると、その台座に書かれていた文字から光が消えた。

……これで、迷宮を管理する動力源はなくなった。

あとは迷宮が自然に消滅するのを待つだけだ。

「おめでとうございます」

どこか大人っぽい微笑とともに拍手をするリリィは、それからゆっくりと口を開いた。

「これで、晴れてSランク迷宮の攻略は終了となります。ささ、ギルドに戻りましょう」

「これまでと様子が随分と変わっただわね」

ニンが笑いながらそう言っていた。

すでに、リリィの顔からは試験官としての厳しさが完全になくなっていた。

「試験官でしたからね！　なんだか気になる話もしていましたし、アバンシアに帰るときにまた色々聞かせてもらいますからね！」

リリィに引っ張られるようにして俺たちは一度、ギルドへと戻った。


ギルドでの報告を終えた俺たちは、無事アバンシアへと帰還することができた。

日帰りで行けるのか？　という疑問があったのだがそれは懸念で終わってしまったな。

アバンシアのギルドへと戻ると、冒険者たちの視線が一斉にこちらへと向いた。

この注目のされ方には覚えがあるな。

「マジで？」

「Sランク迷宮攻略してきたのか？　もう？」

「つい数時間前に出て行ったばっかりだよな？」

「も、もう俺、マニシアちゃんをナンパするのやめよう……」

……最後の奴。顔は覚えたからな。

マニシアが外に出たときに声をかけていたのだろうが、もう二度とそんな機会は与えないぞ。

「あんた顔怖いよ」

ばしっと肩を叩かれる。

「これであたしたちのクランは晴れてSランク冒険者がたくさんいるクランになったのよ？　そんなクランのリーダーがそんな顔してたら皆怯えるわよ」

それもそうだな。怖い顔をした覚えはないが、どうやらついつい顔に力がこもってしまっていたらしい。

リリアに報告するため、ギルドマスターの部屋へと向かうのだが、俺だけいれば十分なのでそこで皆とは別れた。

旅の疲れもあるだろうしな。リリィとともにギルドリーダーの部屋へと向かう。

待っていたリリアがゆっくりと口を開いた。

「無事終わった？」

「はい、無事でしたよ。ていうか、強すぎてびっくりしちゃいました」

「良かった、無事で」

リリアとリリィがまるで数年ぶりに再会したかのような様子で抱き合っている。

完全に二人の世界になってしまったな。

もう帰ってもいいかと思っていると、リリアが思い出したようにこちらを見てきた。

「ルード、そういえばさっき、レスラーン家から手紙がまた来た」

「そうなのか？」

「ギルド宛に届いたものと内容は同じと書かれていた。今度、迷宮都市までの案内の者をよこすらしい」

リリアが手紙を渡してきて、中身を確認する。

確かに、彼女が言う通りの内容だ。

「そうか」

「ま、これで学園に行っても舐められないで済むと思う」

「そうだな」

実際、そんな人がいるのかどうかはわからないが箔をつけておくに越したことはないからな。

「まあ、ルードも疲れてるだろうし、この後の処理はこっちでやっておく」

「了解だ」

それなら、こちらとしても楽でいい。

早くマニシアが待つ家に帰らなければと思っていると、ギルドマスターの部屋の扉が開いた。

そこには扇子を広げたアモンの姿があった。

「アモン？　どうしたんだ？」

迷宮に入ってからというものアモンは難しい顔をしていたが、今もまだそのときと同じような表情をしている。

まさかの来訪にリリアとリリィも首を傾げていた。

「今回の迷宮都市に行く件じゃが、わしはパスじゃ」

「どうしたの？　人に教えるのとか好きじゃなかった？」

リリアが問いかけると、リリィがぼそぼそと話をする。

リリアはそれで納得した様子で、頷いた。

「今リリィから聞いた話がまさに関係しているんじゃよ」

「街に美味しいものがたくさんあるから行けないってこと？」

「違うわい！」

「冗談。天使の迷宮が気がかりな件？」

「そうじゃよ……まったく」

　やっぱりそうか。

　馬車でも、何か考えこんでいたようだからな。

「わしはそっちについて少し調べたいと思っているんじゃ。そういうわけで、今回の依頼はパスじゃ」

「わかった。何か手伝えることはあるか？」

「いや、大丈夫じゃ。何かわかればあとで共有するんじゃよ。リリアとリリィは神殿のような迷宮について何か情報があれば教えてほしいんじゃよ」

「……そう」

　アモンの言葉を受けたリリアは、そこで少し考えるように顎に手をやる。

「最近できた迷宮都市にある迷宮が、まさにそれだったと思う」

「……そうなのかえ？　うーむ、まあ、そちらはルードが調べてくれるじゃろう。頼んじゃぞ」

　とん、と背中を叩かれる。

「調べるって何を調べればいいんだ？」

「天使がおるかどうかをじゃよ。いなければそれでいいんじゃよ」

「……いたら？」

「頑張るんじゃぞ」

無茶振りじゃないか。

とはいえ、こちらもアモンには色々とお世話になっているからな。

できる限りは協力するしかないな。

第四十話　迷宮都市

Sランク迷宮からアバンシアへと戻ってから数日が経過した。

アモンは魔界へと行ったようで、最近は見ていない。

……そして、今日。

レスラーン家からの使者が来る予定だった。

何時ごろ来るかはわかっていなかったが、出迎えないというのも失礼だと思い、俺たちはアバンシアの外で待機していた。

そっと視線を外のほうへと向けたときだった。

「あっ、あの家紋って」

同じく、ギルドからリリアとリリィもお出迎えに来ていたのだが、そのリリィが声を上げる。

彼女が指を向けた先には、馬車が見えた。

今にも羽ばたいていきそうな鳥の紋の入った旗が見える。

間違いない、レスラーン家の家紋だ。ということはあそこに使者が乗っているというわけだ。

豪華な馬車がこちらへと向かってくるのに合わせ、俺たちは立ち上がり彼らが近づくのを待つ。

しばらくしてだった。

俺たちの前まで来た馬車がぴたりと止まる。

馬車の扉が開くと、すぐに中から騎士が姿を見せ、その後ろからゆったりとした足取りで一人の女性が降りてきた。

服装は動きやすいものであったが、ところどころに豪華さを感じる。

降りてきた女性と視線が合うと、にこりと微笑(ほほえ)まれる。

見覚えのある顔。

……間違いない、彼女は。

「ああ、ルード。お久しぶりです」

丁寧で穏やかな口調。

見た目はもちろん、全体的に大人びたものになっていたが、それでも俺は彼女を知っている。

「もしかして、メロリア様ですか？」

最後に見たときから五年以上は経っている。

身長は少し伸び、昔は短かった髪は長くなっている。

随分と、大人っぽくなられていたが間違えようがない。

「はい。本当に、お久しぶりです」

俺に名前を呼ばれた彼女はますます頬を緩めながら俺の前に来た。

嬉しそうに俺の手をとってきた彼女に、ニンが声をかけた。

「久しぶりね。でもあんたが直接来るとは思わなかったわね」

ニンの意見に同意だ。彼女は現在迷宮都市を管理している立場であり、忙しいと思っていた。

「お久しぶりです。いくつかのクランには私から直接お願いさせていただいています。ルードのクランはまだ挨拶していませんでしたから、一度くらい顔を見せに行こうと思っていました」

「でもまさかそれが今なんて、案外暇なの？」

「今日のために時間を作ったんですよ。久しぶりに、ルードとマニシアにも会いたいと思っていましたから」

メロリア様はイタズラっぽく微笑んだ。

この人は昔からこんな感じだ。本気なのか冗談なのかわからない発言が多い。

「まったく。町の代表者がそんなのでいいの？」

「ダメ、でしょうか？」

メロリア様は俺に意見を求めてくる。

どう答えるべきかはわからないが、俺の素直な気持ちとしては。

「貴族としての回答はわかりませんが、マニシアもきっと喜ぶと思います」

「ルードは喜んではくれないのでしょうか？」

「もちろん自分もメロリア様に会えて嬉しいですよ」

そう言うと、メロリア様は少し頬を膨らませる。

「もう、二人きりのときはメロリアと呼んでくださいと言っているじゃないですか」

「メロリア様、周囲に人がいるのが見えていませんか？」

「見えていませーん」

「あんた、相変わらずね」

ニンが頬を引き攣らせながら笑っている。

……本当にそうだな。基本的にはしっかり者だが、今のように冗談を言うことも多いのが彼女だ。

少し懐かしい気持ちになっていると、リリアがちらとこちらを見てきた。

「お待ちしていました、メロリア様。アバンシアギルドのギルドマスターのリリアです」

「さ、さささささサブリーダーのリリィです！」

緊張した様子でぴしっと背中を伸ばしたリリィ。

二人を見て、メロリア様は笑顔を向ける。

「はい。わざわざお出迎えまでしていただいて、ありがとうございます。早速ですが、ギルドに行きましょうか」

「はい。ご案内いたします」

リリアの言葉に俺たちも頷いてから歩き出した。

ギルドに向かっていると、やはり注目を集める。

まあ、アバンシアに貴族が来ること自体珍しいからな。

皆でギルドへと移動し、ギルドマスターの部屋へと向かう。

その途中、ルナがちょいちょいと俺の服を引っ張ってくる。

「マスター、マニシア様に報告へ行きましょうか？」

「そうだな……ギルドに来てもらうか」

メロリア様もマニシアに会いたいと話していたし、呼んできてもらおうか。ルナとそんな話をしていると、メロリア様が視線をこちらに向けてくる。

「ルナさん、といいましたか？」

「は、はい」

「ルードのことをマスターと呼んでいるのですね」

「え？　あっ、は、はい……」

ルナは少し慌てた様子だ。

まあ、うちには自我を持ったホムンクルスがいることは知られているので、バレても問題ないといえばそうなのだが。

「マスターというのは……そういうプレイでしょうか？」

「ぷ、ぷれい？」

メロリア様と話をさせているとおかしなことになりそうだ。

ルナが困惑しているようで、メロリア様が変なことを吹き込む前に割り込む。

「まあ、色々あったんです。あまり気にしないでください」

「そうですか。昔は色々と教えてくれたのに、もう私に優しくはしてくれないのですね……」

「そういうわけではありませんが……とにかく、今はギルドに向かいましょう。ルナ、マニシアを呼びに行ってきてくれ」

「は、はい！　失礼します！」

ルナがぺこりと頭を下げ、すたすたと歩いていく。

メロリア様もそれ以上は何も言わず、笑顔とともにこちらを見てくる。

「ルードは冒険者になってから、色々とあったようですね。とにかく、今も元気にしているようで良かったです」

「それもこれも、レスラーン家のおかげです」

「困っている人が一人でも多く救われてくれているのであれば、レスラーン家としては責務を果たせたということですね」

ほっとしたように息を吐く。

本当にレスラーン家には色々と助けてもらったからな。今の俺が生きているのは大袈裟でもなんでもなくレスラーン家のおかげだ。

そんなことを考えていると、ニンがぽつりと漏らす。

「レスラーン家は騎士になるための教育をしてて、今は冒険者の育成にも力を入れているのよね？」

「ええ。昔から騎士になるための支援を行ってきましたが、必ずしもすべての人が騎士になれるわけではありません。平民からの騎士の募集自体狭き門ですし。ですので、冒険者になるための支援も必要なのではということから、迷宮都市の管理を任される形になりました」

「それで、ちょうど昔の知り合いだったルードに頼んだってことでしょ？」

「そうですね。現在、皆の訓練自体は行っていますが、実戦訓練はあまりできていません。今後は迷宮に入っての訓練をしていきたいので、同行できる人が欲しい……というわけで、今回の依頼になりますね」

メロリア様とともにギルドへと入っていく。案内された奥の会議室へと入ったところで、改めて話を進めていく。

「一パーティーに一人の同行者でいいんですよね？」

「ええ。迷宮自体の難易度はFランクからDランク迷宮相当です。高ランクの冒険者なら一人いれば対応できるという判断です」

「でも、依頼の報酬少ないと思うんだけど？　あたしたち、Sランク冒険者よ？」

ニンがここぞとばかりにアピールをしていた。

「Sランクになったのは最近じゃないですか」

「それはそうかもしれないけど、でももう一声あってもいいんじゃない？」

もちろん、Sランク冒険者に相応しい難易度の迷宮ならニンの意見も正しいのだが、今回はな。

メロリア様は、そこまでのランクの冒険者を求めていないだろう。

ニンもわかってはいるはずだ。

あくまでこれは交渉として話しているだけだろう。

「実を言いますと、国からもそこまで手厚い支援があるわけではありませんので、懐事情がなかなか厳しいものがあるのです。それにこれは互恵関係でもあります」

「互恵関係ってどういうこと？」

メロリア様の言葉にニンが首を傾げる。

確かに誰かを指導するような機会があれば、自分自身を見つめ直すことにも繋がるが、かといってそこまで利益があるものではない。

そんな俺たちの疑問に気づいたのか、メロリア様は不敵な笑みを浮かべる。

「強引、あるいは強制でなければ、優秀な冒険者の引き抜きもありなんです。各クランにはそう言って協力してもらっています」

「……なるほど」

これから有名になるかもしれない冒険者を、先にスカウトしておけるってことか。

すべての冒険者がクランに所属して活動するわけではないが、多くの冒険者はどこかしらのクランに所属する。

よそのクランに貴重な戦力を取られないようにできるってわけか。

学園側としても、卒業後に安心して送り出せるし、お互いにメリットがある行為ではあるだろう。

……新人冒険者の募集、か。

俺たちのクランも、そういった人材の確保はするべきなのだろうか？

少し、考えてしまう。

というのも、このクランは俺とアバンシアの関係から始まったものだからだ。

とはいえ、俺が冒険者をやめたとき、アバンシアを守ってくれるクランがいなくなるのも事実だ。

それがまだ近い将来ではないとは思いたいが、大怪我(けが)で冒険者を引退しないとも限らない。

特に、俺はなんだか面倒事に巻き込まれているしな。

将来的に、アバンシアをまとめる人間が必要なのは確かだ。

マリウスたちがいくら寿命が長いといっても、俺の代わりにアバンシアに残ってくれるわけでもないだろう。

そうなったとき、クランを誰かが受け継いでいく必要がある。

今のうちから新しい人材を探していくというのも大事……なのかもしれないよな。

「ルードのクランでも、新戦力は欲しいのではありませんか？」

「今まで、考えていませんでしたが……いい人がいたらスカウトしてみるのもありかもしれませんね」

「それなら、よかったです」

今後のこと、か。

ただまあ、うちのクランは抱えているものが色々あるからなぁ。

スカウトするといってもそう簡単にはいかないんだよな……。

「さて、難しい話はこのあたりにしておきましょう。ルード、私はアバンシア第二迷宮にも用事があって来ました」

「アバンシア第二迷宮ですか？　一体どんな用事でしょうか？」

メロリア様もそれなりに戦闘経験を積んでいるので、戦えることは知っている。

とはいえ、貴族の方を警護しながらの戦闘はなかなか大変なものがある。

さて、どうなるか。

「海で泳ぎたいのです。行きましょう、海へ」

この人は。

「そんな時間あるのですか？　もうすぐに出発ですよね？」

「……海、行きたいのですが」

「今回は、時間もありませんからまた今度にしませんか……？」

そんな話をしていたときだった。

会議室の扉がノックされる。視線を向けると、ギルド職員とともにマニシアとルナの姿があった。

海に行けずに元気のなくなっていたメロリア様の表情がその瞬間、一気にぱっと明るくなった。

「マニシア！　お元気そうで何よりです！」

メロリア様は、マニシアの元へ跳ぶように移動する。ぎゅっとその大きな胸に抱き締められたマニシアは、少し苦しそうにしながらも笑顔を浮かべている。

「お、お久しぶりです、メロリア様」

「お元気そうで……何よりです。……体は、大丈夫ですか？」

「……はい。兄さんのおかげで、今のところは特に問題ありません」

「まあまあそれなら良かったです。あなたは私の妹みたいなものです。元気そうで本当に良かったです」

マニシアは俺の妹だぞ、という気持ちはあるが、一緒に過ごした時間はメロリア様も多い。

今は、妹認定を甘んじて受け入れよう。

「最近は体の調子が良いのは……迷宮の秘宝を見つけたから、と聞きました。大丈夫なのですか？」

「……はい。元気いっぱいですよ」

メロリア様は心配そうにマニシアを見ていた。

……迷宮の秘宝と聞けば、多くの人が喜ぶのだがどうにも不安そうだ。

まあ、未知の物であることは確かだし、仕方ないか。

「レスラーン家として、あなたたちに何もできなくて申し訳ありませんでした……」

「そんな気に病まないでください。私たちを育てていただけただけで十分ですから」

マニシアのお礼は心からのものだ。

ここまで俺たちが無事に生きてこられたのは、レスラーン家があったからこそだ。

「海には行けませんでしたが、出発までまだ少し時間もあります。お二人がレスラーン家を出てからのこと。色々と聞かせてはいただけませんか？」

両手を合わせ、笑顔を浮かべるメロニア様に俺とマニシアは顔を見合わせる。

マニシアはともかく、俺も荷物とかを持っていかないといけないしな……。

そう思っていると、ニンが口を開いた。

「ルードたちって荷物とかはもうまとめてるんでしょ？　運んでおいてあげるからちょっとはゆっくりしてなさいよ」

「……ありがとな。マリウスの回収も忘れないでくれ」

「生きのいい荷物だものね。わかったわ」

ニンがそう言うと、皆は気を遣ってくれたのか部屋を出ていってくれた。

三人きりになったところで、俺たちは少しだけ昔話に花を咲かせた。

「グラト、アバンシアを頼むな」

さすがにアバンシアを全員が空けていくわけにはいかないので、グラトには残ってもらうことになった。

ルナも残ろうかと言ってくれたが、そこはマニシアが代わりに残るからということになった。

アモンも魔界から戻ってきたらアバンシアにいてもらう予定なので、まあ大丈夫だろう。

……マニシアも魔法が得意になったとはいえ、まだ長旅をさせるにはちょっと不安だからな。

これからゆっくり体力もつけていってもらわないとな。

……ああ、マニシアとしばらく離れてしまう。

もう少しあの笑顔を記憶に留めておかないと……。

「ルード。お土産、期待してるよ」

グラトがそんな俺に気づいたのか、声をかけてきた。

いつまでも、マニシアを見ていては駄目だな……。

「わかってる。何か買ってくるよ」

アモンも何か持ってこないと怒るかもしれないからな。

そういうわけで、俺、ニン、ルナ、マリウスの四人で迷宮都市へと向かうことになった。

「それでは皆さん、馬車に乗ってください」

メロリア様がにこりと微笑むと、マリウスが笑顔とともに馬車へと向かう。

相手は公爵家なんだからもう少し礼儀正しくしてくれ……とは思ったがメロリア様は笑顔を崩さない。

「あちらの方は先ほどいなかったですよね？」

「ああ。マリウスだ」

「マリウス、ですか。なるほど、元気な人ですね」

元気、で片付けてくれるなら……ありがたい限りだ。

俺たちが乗り込んだ馬車は、メロリア様が乗ってきたものだ。

これはメロリア様の馬車で、本来は彼女一人だけを乗せる予定だった。

ただ、メロリア様が俺たち全員と話しながら行きたいということで、同席することになったのだが……さすがに恐れ多いんだよな。

全員が乗り込んだところで、メロリア様が皆を見るように視線を向ける。

「皆さん、準備はよろしいでしょうか？」

「こちらは大丈夫です」

メロリア様が御者に声をかけると、馬の鳴き声が響き、馬車が動き出した。

窓の外から揺れる景色を楽しそうに見ているのはマリウスとルナだ。

馬車に乗ると、いつも二人が窓際に座りたがるんだよな。

それを俺とニンが眺めていると、

「それにしても、ルードとニンはともかく、ルナやマリウスも全員Sランク冒険者としての実力があるなんて凄いですね。どこからスカウトしてきたのですか？」

魔界からです、とは言えない。

マリウスとルナは外の景色に釘付けになっている。精神年齢は同じなのかもしれない。

ルナの出自はともかく、マリウスに関しては隠さないとな。

「まあ、色々とありましたよ」

……これで誤魔化せるかわからなかったが、俺はそう言い切った。

「そうですか。以前所属していた勇者パーティーもそうでしたが、ルードは色々なコネがありますね」

「そう、ですかね？」

「ニンとも勇者パーティーに所属したときに出会ったのでしょうか？」

「いえ、その……ニンとはまた別の場所で会いまして」

「そうなのですか？」

意外そうに目を開いたメロリア様は、それから興味津々といった様子で覗き込んでくる。

「それはもう運命的な出会いだったわね」

俺が返答に困ってニンを見ると、彼女はどこか楽しそうに笑っている。

「そうなのですか？　お聞きしたいです！」

ニンの言葉に、ますます興味を惹かれたようでメロリア様が大きな声を上げる。

運命的な出会い、か。

確かに、まあそうなのかもしれないが……いや、俺からは何も言うまい。

「まだあたしがキグラスのパーティーに入る前のことね」

「はい」

「あたし、酒場に入り浸ってたのよ」

「あなた聖女でしたよね、そのとき？」

「もちろん正体隠していたわよ？」

「そういうものではないと思いますが……」

……まあ、聖女様は表向きはそういった俗世のものからはなるべく距離を置くようにするよう言われている。

なるべく、だ。聖女様も神様ではないので人目につかないところで嗜むくらいなら認められている。

酒場に入り浸るというのは駄目である。

「まあ、そのときにね。あたしに声をかけてきた男がいたのよ」

「まさか、それがルードですか？」

「いえ、ただのナンパしにきた奴よ。あたしはそれをあしらってたんだけど、だんだん向こうも強引になってきてね」

「……それは危険ですね」

「本当よ。相手を怪我させせないように加減できるかわからなかったし……」

「……」

ニンの言葉に、メロリア様は「話が噛み合っていないような……？」と首を傾げている。

その反応で間違いありませんよ、メロリア様。

俺がニンと出会ったときのことを思い出していると、ニンが息を吐いた。

「それでまあ、あたしが魔法を使いそうになったときにちょうどルードがいたのよ。なんか、そのとき組んでたパーティーでの打ち上げに参加していたのよね？」

「……まあ、そうだな」

あまりにも面倒そうにしていたニンを助けるために声をかけた。それが初めての出会いだった。

「……確かに、まあ運命的な出会い……ですかね？」

「でしょう？　それでまあ、その後ルードたちが教会関係の依頼を受けたときとかにルードの実力とか知って、あたしがキグラスのパーティーに参加させられたときに誘ったってわけよ」

「なるほど……」

多少、途中に色々とはあったが一応、大まかな流れとしては間違いではない。

「それからはまあ、一緒に行動していたわね。基本五人パーティーで、あとは迷宮に合わせて募集したりして攻略していたってわけよ」

「そうでしたか。ルードがレスラーン家を出てから勇者パーティーに参加していたことは知っていましたが、そのような状況になっていたのですね」

……メロリア様としては、そこが気になっていたようで、どこか安堵したような様子であった。

やっぱり、心配させてしまっていたようだ。

どこかで手紙でも出せば良かったのかもしれないが、相手は公爵家だしなぁ。

いくら昔に関係があったとはいってもこちらから何かするにはやはり踏み込みづらかっ

た。

「ええ、まあね。それで色々あって、今に落ち着いたって感じよね」

「その辺りの色々は、マニシアとルードの二人からも聞きました」

そうだったな。

話に一区切りがついたところで、メロリア様が思い出したように口を開いた。

「そうでした。その何度か名前の挙がっていたキグラスさんですが、彼もしばらく学園の指導者として参加してくれているんですよね」

「……え？　そうなんですか？」

「はい。元ではありますが、勇者としての経験などを含めてもかなり能力の高い方ですからね」

「……そうですね」

そうか。

別れてから少し心配だったが、ちゃんと生きていて良かった。

困らせられた記憶は数多いが、それでも助けてもらったこともある。

今のマニシアやアバンシアがあるのは、キグラスが俺に依頼を投げてくれたからでもあるわけだしな。

迷宮都市に向かう楽しみが一つ増えたな。

しばらく馬車が走っていったところで、メロリア様が呟くように言った。

「迷宮都市、見えてきましたね」

メロリア様の言葉に合わせ、俺たちは馬車から外の様子を窺う。

大きな外壁に覆われた街が見えてきた。あれだけでも、かなりの規模であることが窺える。

門が開き俺たちは都市の中を進んでいく。

活気あふれる街だ。

アバンシアとは比べ物にならないほどに人の往来がある。

いくつもの荷物が運び込まれている様子もあれば、まさにその荷物を使って新たな建造物が造られている様子を見ることもできた。

これからまだまだ発展していく街なんだろう。

そんな街を過ぎていくと、だんだんと人が少なくなっていく。

代わりに、個人の家と思われる建物が増えていき、それらを抜けた先に大きな建物が見えた。

「あちらが、学園です」

た。

　ここまで見てきた建物もどれも立派であったが、学園はそれらを凌ぐほどの規模があっ
　凄い規模だな。

　正門が開き、馬車が敷地内へと入る。

　馬車が止まったところで、俺たちは久しぶりの外へと出る。

　凝り固まった体をほぐすように伸びをしていると、メロリア様が口を開いた。

「こちらが冒険者学園になります」

「……大きいですね」

「それなりに生徒もいますね。初めは孤児の子たちを対象にしていましたが、今は一般の
子たちも受け入れているのでかなりの規模になっているんです」

　なるほどな。

「それでは、本日はここで一度解散になります。明日の朝、またこちらに集まっていただ
ければ大丈夫ですからね」

「わかりました」

「あっ、ルードは少し相談したいことがありますので残っていただけますか？」

　メロリア様に呼び止められた。クランリーダーとして何かあるのだろうか？

「そんじゃ、あたしたちは街の散策にでも行ってるわね」

「ああ。マリウス、迷子になったら学園に戻ってきてくれよ」

「わかっているさ。オレは少し迷宮を見てくる！」

「……依頼の前に、怪我だけはしないでくれよ」

「大丈夫だ！」

ウキウキのマリウスは誰よりも先に学園の外へと向かっていった。

……相変わらず元気な奴だ。

「それで、メロリア様」

「ルードに残っていただいたのは、明日から見てもらうパーティーのリーダーが会いたいと話していたからです」

「……そうなんですか？」

迷宮都市に来る道中で、俺たちは今回の依頼についての詳細を聞いていた。

俺たちは、一人で一パーティーに同行することになっている。

パーティーによっては明日から迷宮に潜る予定だが、その一人が会いたい、というのか。

さて、どんな理由で会いたいのだろうか。

少し緊張しながらメロリア様の後をついていき、建物へと入る。

いくつかの教室が並ぶ様子に、少し懐かしさを覚えた。

俺も昔、レスラーン家でお世話になっていた頃、似たような形で授業を受けていたからだ。


とはいえ、並ぶ教室の数などは比較にもならないな。

教室の並ぶ通路を抜けたところでメロリア様が振り返る。

「こちらは、学園生の方々が使用できる小教室になります。自学自習に使ってもいいですし、パーティーでの打ち合わせなどに使っても構わないことになっています」

「そうなんですね」

「それで、こちらの教室に……あれ？　いませんね？」

メロリア様が教室を覗き込んで首を傾げる。

そのときだった。

背後から駆け足のようなものが聞こえて、視線を向ける。

そちらには、一人の少女がいた。慌てた様子の彼女は、手についた水滴を飛ばしながらこちらに向かってきている。

そして、ぴたりと俺たちの前に止まると、背筋をぴーんと伸ばして笑顔を浮かべる。

「初めましてでございます！　ルードさん！」

「……ネミファン。廊下は走ってはいけませんよ？」

「そ、それは……見逃してください。急な尿意に襲われてしまったのですから！」

胸を張りながら言うことではないだろう……。

メロリア様は小さく息を吐いてから、俺のほうを見てきた。

「ルード。彼女があなたに会いたがっていたネミファンといいます」

「ネミファンと申します！　ルードさん！　初めまして！」

……元気な、子だな。

快活な笑顔とともに張り切った様子で声を上げるネミファンに、俺は苦笑する。

「よろしく。それで、どうして俺に会いたがっていたんだ？」

「大ファンでした！」

「……つまり今は違うってことか？」

「大大ファンです！」

「……はあ」

両手を差し出してきたネミファンに、俺が握手をすると、ネミファンはすりすりと手を擦り合わせてくる。

放っておくと火でも起こされそうな勢いなので、すっと手を引く。

「今回紹介したかった理由は、彼女がルードと同じスキルを持っているからです」

「同じスキルですか？」

どの、スキルだろうか？　脳内に四つのスキルを思い浮かべていると、ネミファンが笑顔とともに声を上げる。

「はい！　『生命変換』です！　まさか、憧れのルードさんと同じスキルを持っているなんて神様には感謝感激しかありません！　もちろん、お腹を痛めて生んでくれた母にもです！」

両手を合わせ、元気よく声を上げるネミファン。

……一挙手一投足が元気な子だ。

それにしても、まさか自分と同じスキルを持っている子と出会うとはな。

もちろん、そういった可能性はあると思っていたが、これまで出会ってこなかったため、なんだか嬉しい気持ちだ。

同じスキルを持った者同士だと、仲間意識が生まれると聞いたがこういうことなんだな。

「ルードさんのおかげでこれまで効果のわかっていなかったスキルの効果が判明したので良かったです！　感謝感激です！」

「……それは、良かったよ」

正確に言うと、ルナのおかげだな。

基本的にスキルの効果がわかっていないものに関しては、わかり次第なるべくギルドに共有するようにと言われている。

……まあ、自分のスキルの効果を隠したい人もいるので、必ずしも皆がスキルについて共有するわけではない。ただ、それでも俺のように効果がわからず大変な思いをする人が出ないように後からではあるが情報を共有していた。

「ですが、このスキルはダメージを受けるのが前提ですのでなかなかに使いにくい性能をしていますよね」

「そうだな……」

俺は『犠牲の盾』と多い外皮のおかげでなんとかなっているが、確かに『生命変換』のみだと戦いづらいよな。

「ルードさんは、他のスキルで補完できているようですから羨ましい限りなのですが……どのようにかいい使い方が思いつかないかと思いまして……それで、迷宮に潜る前に！　相談したかったのです！　わざわざ来ていただいてありがとうございます！」

綺麗（きれい）な礼とともに感謝を伝えてくれる彼女に、俺は少し考える。

俺は『生命変換』を必殺の一撃として使っているが、あれは外皮を多く削られてこそのスキルだからな。

受けたダメージが多ければ多いほど、相手に与えるスキルの威力が上がるが、正直言ってそこまで削られるというのは危険な状態でもあるわけだ。

決して、使い勝手がいいわけではない。

「他の使い方、といってもなかなかすぐには思い浮かばないな……ネミファンはパーティーでタンクをしているのか？」

「はい。ただ、『挑発』は持っていないので、他の方に魔法で注意を集めてもらっている状況です……情けない話なのですが……！」

悔しそうに拳を固めるネミファン。

まあ、すべてのスキルが自分のパーティーでの役割に合致したものであるとは限らないからな。

本来、戦闘中に受けてしまったらマイナスになるダメージを、攻撃力に変換できるのがこのスキルの強みだ。

今のネミファンは恐らくその使い方をしているだろうし、俺もそれ以上の使い方は思い浮かんでいなかった。

「まあ、ひとまず……先にスキルの話を聞けて良かったよ。また迷宮に潜りながら考えていこう」

ネミファンのスキルをどのように活かすかはまたあとで考えてみるしかない。

……同じスキルでも人によって使い方は様々だしな。

「ありがとうございます！　明日から、改めてよろしくお願いいたします！」

「……ああ、よろしくな」

本当に元気な子だ。

とはいえ、パーティーの一人がこれだけこちらに好意的でいてくれるのは頼もしい限りだ。

「はっ！　この後私宿題をしないといけませんので！　そろそろ失礼します！」

ネミファンが申し訳なさそうに両手を合わせ、頭を下げる。

「別に大丈夫だ。また明日よろしくな」

「はい！　よろしくです！　それじゃあ、メロリア先生もまた明日！」

「廊下は走らないでくださいねー？」

まさに今、走り出そうとしていたネミファンはその言葉でぴたりと止まり、速歩きで廊下の先へと消えていった。

「元気な子ですね」

「そうですね。学園の優秀な生徒ですよ」

俺たちは、学園内を歩いていく。

校庭では、ネミファンよりもさらに若い様子の子どもたちが戦闘訓練を行っていた。

……まだまだ基本を学んでいる、といった様子だな。そんな様子を眺めていると、メロリア様がぽつりと口を開いた。

「そういえば、ルードの周りには随分と女性が多かったですね」

「いや、別にそういうことはないと思いますが……」

「そうなのですか？　それはつまり、今の人数では物足りないということですか」

「誤解を招く言い方をしないでください」

笑顔とともに言ってくるメロリア様に、俺はため息を返すしかない。

メロリア様は俺の困った様子が楽しいようで、くすくすと笑っている。悪戯好きは成長しても変わっていないようだ。

「冗談です。ただ、少し妬けてしまいます」

「……妬けるってまた冗談ですか？」

昔からメロリア様は意味深なことを言っては、多くの男の子を勘違いさせてきていた。

そんな魔性というか小悪魔なところがある彼女は、じっとこちらを見てくる。

「冗談じゃないですよ？」

「……」

真剣な顔で目を覗き込んでくる。

急な接近に俺が驚いていると、メロリア様はすぐにいつものからかうような笑顔を浮かべた。

「冗談です。ルードはまだ時間はありますか？　この後、よければ明日入る予定の迷宮のご案内をしますよ？」

笑顔のメロリア様はほんのり頬が赤らんでいて、メロリア様が本気で言っていたのかどうかは俺には判断できない……。

メロリア様も、少しは落ち着きが出てきたと思っていたがどうやらそれほどは変わっていないようだ。

「ええ、特に予定もないですから……案内してもらってもいいですか？」

「そうですか！　それではこれからデートですね！」

……デート先として、迷宮を選ぶ冒険者ってどのくらいいるのだろうか？

そう思ったのだが、わりと冒険者同士のお出かけ先としては人気だったような話を昔、誰かがしていたな。

あれはリリアだったかリリィだったか。

そんなことをぼんやり考えながら、俺はメロリア様とともに歩き出した。

街に出たところで、メロリア様が俺へと一歩近づいてきた。

どうしたのだろうと思っていると、彼女は腕を組んできた。

俺の腕に柔らかな感触があたり、思わず声を上げそうになりながらじっとメロリア様を見る。

「いや、あの……いきなりどうしたんですか？」

「久しぶりに腕を組もうと思っただけですが？」

「別に昔もしていなかったと思いますが？」

「まさか、ルード……記憶が……おかしくなってしまったのですか？」

「おかしくしているのはメロリア様です。……まったく、昔から何も変わっていませんね」

皆の前ではもう少し落ち着いていたが、俺だけになるとふざける癖があるのは相変わらずのようだ。

「ルードが意地悪します」

ぷーっと頬を膨らませる彼女に、俺はため息をつくしかない。

……どちらが意地悪なのだろうか。

メロリア様は文句を言いながらもひとまずは離れてくれる。……昔と違って、色々と成長していて、正直助かった。

メロリア様に案内されるがままに連れて行かれた先は、広場のような場所だ。

そこには、いくつかの迷宮があり、冒険者たちが出入りしている様子が見えた。

「ここは、迷宮広場になります。ちょうど、いくつかの迷宮がこの場にあり、ここを中心に街を造っていったんですよ」

「……そうなんですね」

ざっと見渡せる範囲に、四つの迷宮がある。

ここまで迷宮が固まっていると、冒険者としても挑みやすいな。

「街内には他にも様々なランクの迷宮がありますが、何よりも特徴的なのはこちらの迷宮ですね」

見た目は普通の迷宮だった。

どんな特徴があるのだろうと思っていると、メロリア様がちらとこちらを見てくる。

「気になるのでしたら、中を少し見てみますか？」

「大丈夫ですか？」

「私の実力を舐めていませんか？」

「いえ、別にそんなことはありませんが……」

「私だって、学園で指導を行っている立場です。それなりに戦えますし……何よりいざとなれば、私の騎士が守ってくれますよね？」

メロリア様はじっとこちらを見てくる。

……昔、彼女の専属の騎士になるという話もあったからか、そのときのことを言っているのだろう。

俺が冒険者になることを選んだとき、一番悲しんでいたのはメロリア様だったという話は聞いていた。

「ですよね？」

確認するように言ってきたメロリア様に、俺はゆっくりと頷いた。

「もちろんです」

昔のことを思い出しながら俺は彼女に頷いて、彼女とともに迷宮へと入っていった。

一階層へと下りた瞬間だった。

すぐに、メロリア様が話していた特殊な迷宮の意味を理解する。

眼前には、見事な神殿のような建物があった。……アモンの言葉が脳裏をよぎる。

……天使の作った迷宮。

恐らく、ここがその天使の作った迷宮なのではないだろうか？　事前に、リリアからも話を聞いていたとはいえ、いざこうして直面するとやはり緊張する部分はある。

「立派な神殿ですよね」

「……そうですね」

メロリア様の無邪気な言葉に、俺は周囲を警戒しながら頷いた。

……天使は別に俺や魔王たちを意識して迷宮造りをしているわけではないだろう。

とはいえ、アモンからの話を思い出すとついつい体に力がこもってしまう。

「でも、この迷宮が特殊なのはここだけで中は普通なんですよ？　様々なランクの魔物が出現する迷宮で、学園としても使い勝手がとてもいい場所なんです」

「そうなんですね」

「こういった迷宮は最近ちらほらと見られるようになってきたようです。迷宮には未知のことが多いとはいえ、問題がなければ良いのですが」

増えている、か。

果たしてそれはたまたま……偶然、なのだろうか？

それとも、天使たちが何か明確な意図を持ってこの地域に迷宮を作っているのだろうか？

仮に理由があったとして……どんな理由があれば、迷宮が必要になるのだろうか？

本来、天使たちは人間の味方、と言われている。少なくとも、ニンが言っていたように教会やこれまでに学んできた歴史ではそうだった。

もちろん、それらの存在が確認されているわけではなく、どちらかというと偶像崇拝のように語り継がれている伝説の存在だ。

魔王、と同じように。

だが、その魔王たちは実在した。そして、アモンの口ぶりからして恐らく天使もいるだろう。

よくわからない誰かが語り継いだ歴史よりも、俺はアモンの言葉のほうが信頼……一応、信頼できるからな。

「ルード、どうしましたか？」

「……いえ、なんでもありません」

ただの偶然、で終わってくれればいい。

そもそも、別に俺に何かあるわけでもない。

仮に天使がいたとして、問題を起こしたとして、それに俺が巻き込まれるわけではない。

「迷宮がちょっと異常なことはわかりました。明日から入る予定の迷宮もこちらになるのですか？」

「はい、そうですね」

「了解です。それじゃあ、そろそろ迷宮から出ましょうか」

「そうですね。何も問題起きませんでしたね」

「起きてほしかったんですか？」

「ルードの戦っている姿を見たいなぁ、と思いまして」

「……それはまた今度にしましょう」

「楽しみにしていますね」

楽しむようなものではないんだけどなぁ。

メロリア様を危険に晒（さら）さないとも限らないわけで、迷宮からは早急に離脱だ。

迷宮の外へと出たところで、メロリア様がぐっと伸びをする。

それから笑顔とともにこちらを見てきた。

「それじゃあ、次はどこに行きましょうか？」

「メロリア様は、お時間大丈夫なんですか？」

「ええ、大丈夫です。ルード、どこか行きたい場所はありますか？」

「……それでは、メロリア様のおすすめの場所に案内してくれませんか？」

「わかりました」

楽しそうなメロリア様に腕を引かれる。

……この人専属の騎士になっていたら、きっとこんな感じだったのだろう。

楽しそうではあるが、彼女の自由奔放さに振り回されるというのは大変そうでもあるな……。

「ルード、失礼なこと考えていませんか？」

「考えていませんよ」

「いや、絶対考えている顔ですよ。私、公爵家の娘ですよ？　いいんですか？　言いつけますよ？」

「勘弁してください」

彼女の言葉が冗談なのはわかっている。
苦笑とともに俺はメロリア様と街を散策していった。

第四十一話　新人冒険者たち

用意してもらった宿で一晩を過ごした俺たちは、次の日、学園へと向かった。

学園に到着すると、職員がこちらに気づき、近づいてくる。微笑とともに丁寧にお辞儀をしてくれた職員が口を開いた。

「ルードさんのパーティーの方たちですね？　それぞれ、班分けはすんでいますのでこちらの番号札をお持ちください。校庭のほうですでにパーティーが待機していますから、そちらで合流してください」

「わかりました」

職員は、それから俺たち一人一人に番号札の書かれた板を渡してきた。

俺の番号は十一番か。

メロリア様の話では、それぞれに合ったパーティーに振り分け済みらしい。

こちらも、依頼を受けるにあたってうちのメンバーの得意分野については伝えているからな。

ニンやルナは恐らく魔法が得意なパーティーに配属され、マリウスは接近戦が得意なパーティー……などだろう。

「それじゃあ、皆。これから頑張ってくれ」

「はい。頑張ってきます！」

ルナがぐっと拳を作ると、ニンが苦笑する。

「ルナは一応目立たないように。あと、マリウスははしゃぎすぎないようにしなさいよ」

「わかっているさ」

まあそうだな。

色々と隠していることもあるので、派手に暴れられても困る。

校庭まで行ったところで俺たちは別れたのだが、すぐ近くで明るい声が聞こえた。

「ルードさーん！　こっちでーす！」

同じく、番号札を持っていたネミファンがそれを天高く掲げてぶんぶん振り回しながら声を上げる。

皆の視線が一気に集まり、晒(さら)される。

好意的なものから値踏みされるようなものまで、様々だ。

少し恥ずかしく思いながらも、元気よく叫んでいるネミファンを止めない限りこの状況は続くため、早足で近づく。

「ルードさん！　今日はよろしくお願いします！」

「ああ、よろしく」

元気よく頭を下げてきたネミファンに、返事をしながら残り二名を見る。

ネミファンを含め、女の子のみで構成されたパーティーだ。

俺と視線が合うと、背の高い女性はびくりと背筋を伸ばしてから頭を下げてきた。

「よ、よよよよろしくお願いします！」

「……よろしくお願いします」

少し緊張した様子の背の高い子と、クールな印象の女の子の二名。

ぱっと見た感じ、身につけている武器を含めて皆接近戦が得意なタイプのように見える。

「えーと、俺はルードだ。よろしく」

「はい！　私はネミファンといいます！」

「……ネミファンは昨日自己紹介しているから大丈夫だ」

「はっ、そうですね！　ほら二人とも自己紹介してください！」

ネミファンは本気なのか天然なのかわからないが、慌てた様子で二人に声をかける。

背の大きな女性は、背負っていた大剣を揺らしながら笑顔を浮かべる。ただ、笑顔に慣れていないのか引き攣っている。

「わ、私はシャイナと申します」

「クーラスというわ。よろしく」

ぺこりと頭を下げてきた二人を観察する。

シャイナとは目が合った途端に恥ずかしそうにそっぽを向かれてしまう。

クーラスはまるでこちらに興味がなさそうな落ち着いた表情だ。

……反対にネミファンはめっちゃこっちを楽しそうに見てきている。

敵意は、感じないな。嫌われてはいないようで、良かった。

「……それじゃあ、迷宮に向かおうか。詳しい話はまた移動しながらってことで」

俺たちが滞在している時間はそれほど長いわけではない。

彼女らの時間を無駄にしないためにも、すぐに移動したほうがいいだろう。

「はい！　シャイナ、クーラス、今日も頑張りましょう！」

迷宮へと向かっていると、ネミファンが俺の隣に並んできた。

笑顔の彼女はそれからすぐに口を開く。

「ルードさんは先日Sランクになったんですよね!?」

「知ってるのか？」

「ギルドの掲示板に書かれていましたもん！　現在のSランク冒険者一覧！　って」

……そんなのがあるんだな。

たぶん、まだそれほどいるわけではないから、一覧として見やすいのだろう。

「二大クランの冒険者とルードさんたちくらいしかSランク冒険者はいませんから！　とても凄(すご)いことですよね！」

「一応、指導する立場ならある程度のランクがあったほうがいいって話が出てな。クランのメンバーで挑戦したんだ」

「それですぐにSランクになれるところが凄いです。そして、わざわざ学園まで来てくれて感謝感激ですよ！」

ずっとニコニコしたまま話すネミファンに俺も笑顔を返していると、クーラスがずいっと顔を寄せてきた。

「……Sランク冒険者って凄いわね。どうやってそこまでの力をつけたの？」

クーラスが初めてこちらに興味深そうな目を向けてきた。

どうやって、か。

元々恵まれた外皮やスキルを持っていたのは確かだ。ただ、そこから戦い方を学んでいった結果が今だと思っている。

……それに、まだまだ学ぶべきことも多くあるしな。

「とりあえず、自分のスキルに合った戦い方を身につけていくことだな。クーラスは何が得意なんだ？」

「……そうね。私は『魔法詠唱短縮』っていうスキルを持っているの。だから、それと合わせての接近戦かしら？」

「それなら、それを伸ばしていけるように訓練をしていくしかないな。とりあえずは、実戦でできることを色々試してみるといい」

……ここにいる子たちは、魔物との戦闘経験が少ない。

実戦でどれだけ通用するのかを試してみながら、自分に足りないものを考えていくのがいいだろう。

「そうね。……私も最高ランクの冒険者になるのが目標なの。将来もっと上のランクができたとしても、私は絶対そのランクに到達するのよ」

「そうか……その言葉、忘れないようにな」

忘れなければ、いつか叶うときが来るはずだ。

俺だって、無茶な夢を叶えたわけだしな。

俺がそう言うと、クーラスはなんだか嬉しそうに笑った。

「ええ、忘れないわ」

それまでと違って、クーラスから感じられる笑顔が親しげなものになった。とりあえず、自己紹介ができたから多少仲良くなれたようだ。

「三人は何回か一緒に組んでいるのか？」

「何回どころの話ではありません！　いつも、この三人で迷宮に潜っています！」

「なるほどな。それなら、連携の練習や打ち合わせも必要なさそうだな」

「大丈夫です。ね、シャイナ！」

「は、はいっ！」

シャイナはびくっと肩を上げてから、恥ずかしそうにこくこくと頷いていた。

……かなり照れ屋というか人見知りな子、なんだろう。

目が合うとすぐに逸らされてしまうが、悪い子ではなさそうだ。

まだ、打ち解けるまでは時間がかかりそうだ。

基本的にネミファンが会話を切り出し、たまに二人を巻き込んでいくという感じか。

ネミファン、シャイナ、クーラス。

とりあえず、三人同士の仲は良好そうだし、これなら迷宮に入ってからも問題はなさそうだな。

俺たちが挑戦するのは昨日、メロリア様と一緒に入った迷宮だ。現在五十階層くらいまで攻略済みなのだが、そこまでに出てくる魔物はFからDランク冒険者で問題なく対応できるようなものばかりらしい。

ネミファンたちは、学園でもかなり優秀なパーティーらしく、Dランク相当の実力はあるそうなので……まあ、問題ないのではないかと思う。

「とりあえず低階層で肩慣らしをしてから、もう少し先の階層に進んでいこうか」

事前に聞いていた話では、一から十階層までがFランク相当の魔物が出るらしい。そこから十階層ごとに魔物のランクが少しずつ上がっていくのだとか。

「わかりました！」

「よよよ、よろしくお願いします！」

ネミファンとシャイナが元気よく挨拶をする。

……ネミファンは楽しみという様子が見てとれ、シャイナは緊張している様子がよくわかる。

クーラスは落ち着いているようだ。短剣を手に持ちながら、落ち着いた表情でいた。

彼女らとともに神殿のような迷宮へと入る。

神殿へと入ると、中には草原が広がっていた。今更迷宮の構造について何か言うつもりはないが、建物のような見た目からこうまったく別のエリアが広がっているとなると驚きも大きい。

「とりあえず、俺は後ろからついていく。三人ともいつも通りに戦ってみてくれ」

「わかりました！　それじゃあ、行きましょう二人とも！」

元気よく声を上げたネミファンに、シャイナがこくこくと頷き、クーラスも頷いている。

それから三人が先を歩き、俺はその後をついていく。

何かあっても、俺の場合はすぐに援護できるので問題ないだろう。

そんなことを考えながら歩いていくと……三体のゴブリンが姿を見せた。

さて、早速三人の戦闘を見てみるか。

「それじゃあ、やります！　私がタンクで、シャイナが私にデコイの魔法を！　隙を見て二人でやっちゃってください」

「わ、わかりました！」

「……ええ、任せるわよ」

ネミファンが持っていた剣を握り締め、クーラスが短剣、シャイナが背負っていた大剣を構える。

早速、戦闘が始まった。

ゴブリンたちは舐めたような笑みを浮かべてネミファンたちを見ていたが、動き出したそれぞれの速度を見て、すぐに警戒を強める。

ネミファンが剣を振り抜くと、ゴブリンは持っていた棍棒で受け止める。ネミファンは盾も持っていて、剣と盾を合わせて完全にゴブリンを引き付けている。

そこに、シャイナのデコイの魔法も入ったため、ゴブリンの注意はネミファンにだけ向けられている。

今が、攻撃のチャンスだ。そう思ってクーラスを見ると、彼女は何度も呼吸をしていた。

「……攻撃、攻撃、攻撃」

「クーラス？」

「ひゃい!? な、何かしら？」

「戦闘始まっているんだ。すぐに行かないと」

……訓練などと違い、実戦では常に状況が変化する。

せっかくの攻撃チャンスが無駄になるため、声をかけるとクーラスがこくりと頷いてから走り出す。

……じんわりと、額に汗が流れていたのが見えたが、気のせいだよな？

「え、えや！」

クーラスが短剣を振り抜くと、ゴブリンの腕を切り裂いた。

「や、やった！」

だが、喜んだ次の瞬間。別のゴブリンがクーラスへと接近する。

「う、わっ！」

「クーラス、下がってて……ください！」

そう言って、大剣を大きく振り抜いたのはシャイナだ。

彼女はゴブリンを軽々と叩き潰すと、笑顔を浮かべていた。

「……うん、潰し心地最高です」

……なんだか不穏な声が聞こえた気がするが、とりあえずシャイナは思ったよりも戦闘ではためらいはないようだ。

残っていたゴブリンは、一体一体確実に仕留められていき、すべての魔物を倒したところでネミファンが笑顔を浮かべた。

「うん、クーラスはまだちょっと緊張してますけどいけますね！」

「……き、緊張していないわ」

クールに髪をかき上げていたが、喜びなのか緊張なのかわからないがとにかく頬は嬉しそうに紅潮している。

……確かに、戦闘前のクーラスの様子は少し変だったが、もしかして——。

「クーラスはまだ実戦経験は少ないのか？」

「そうなんですよ。この中だと一番若いので、まだ十三歳なんですよ。お肌ぴちぴちなんですから」

「そう変わらないでしょう……」

ネミファンがぺたぺたとクーラスの頬を触って遊び、クーラスは小さくため息をついていた。

……一番大人びているように見えたのは、あくまでそう振る舞っているだけなのか。

そう思うと、なんだか微笑ましいな。

「それよりどうでしたか私は!?」

「ああ、よく動けているな」

「やった！　もう準備運動は十分です！　十一階層に行きませんか!?」

「……まあ、でももう少し準備運動したほうがいいな。時間はあるんだし、もう少し様子見たほうがいいんじゃないか？」

ネミファンとシャイナはともかく、クーラスは戦闘での勝利の余韻が残っている。

まだ、勝利を当たり前と考えられていないため、連続での戦闘になったときにそれが足枷になりかねない。

このパーティーのリーダーはネミファンなので、その判断ができるかどうか。

ネミファンはじっとシャイナとクーラスに視線をやり、それからゆっくりと頷いた。

「そうですね！　もう少し、ここで戦ってみましょうか！」

……大丈夫そうだな。

それから何度かゴブリンとの戦闘を重ねていく。

戦闘自体は、問題ない。今のネミファンたちの実力なら、ゴブリンなんて格下だからな。

クーラスも戦闘に慣れてきたようで、勝利した後の緊張なども抜けてきたようだ。

ネミファンはじっとそれを見てから、俺へ視線を向けてくる。

「もういい？　まだ？　もういい？」。目だけでそう訴えかけてくる姿は、さながら散歩を楽しみにする子犬のようだ。

見えない犬耳までも見えてきそうで、俺は苦笑しながら頷く。

「そろそろ、次のランクの魔物が出てくる階層に行ってもいいかもな」

「そうですよね！　それじゃあシャイナ！『ダンジョンウォーク』お願いします！」

「も、もう準備できてますよ。十一階層で、いいですよね？」

俺とネミファンへ視線を向けてきた彼女に、頷いた。

「おお！　さすがシャイナです！　さあ、それじゃあ行きましょう！」

……シャイナも、やる気満々なのが見ていてわかる。

戦闘を何度か見る限り、彼女はかなりマリウスに近いタイプのようだ。

この子、ビクビクしながらめっちゃ戦闘が好きなんだよな。指示がないと一人で攻撃しに行ってしまうくらいには、戦い大好きだ。

人は、見た目によらないなぁ。

俺たちは一ヶ所に集まり、十一階層へと移動した。

「シャイナは何階層まで行ったことがあるんだ？」

「は、はい。事前に、三十一階層までは連れて行ってもらいました」

なるほどな。

そのあたりが今のこの子たちの攻略可能なエリアということなのだろう。

シャイナとともに『ダンジョンウォーク』で移動した俺たちは、そこから、魔物を探して歩きだす。

一階層に比べれば人は少ないが、それでもまあちらほらと学園の生徒が見える。

とりあえず、知っている顔はないな。今頃、マリウスもちゃんとやってくれているだろうか。

それだけが不安だ。

「ルードさん、魔物いました！」

ゴブリンだ。

戦いたくてウズウズしているようで、ネミファンはすぐに戦闘を開始する。

ゴブリンの数は二体か。そうなると、初めから三人は二手に分かれて行動していく。

一階層のゴブリンに比べれば強いだろう。恐らく、ステータスを多少強化している個体なんだろう。

この迷宮の管理者はどんな人なんだろうな。同じ立場の俺はそれを少し考えてしまう。

ネミファンたちの戦闘は……問題ないな。

階層が上がったとはいえ、相手はゴブリン。元々、三人の実力的には問題ない相手だ。

無事ゴブリンを倒したネミファンは、ドロップした魔石を拾って戻ってくる。それをこちらに見せてくる姿は、まさにボールを拾ってくる犬のようだ。

「戦闘終わりました！　どうでしたか⁉」

「ああ、問題なさそうだな」

「それでは、次の二十一階層……そして三十一階層と問題なければ行ってもいいですか⁉」

「……まあ、そうだな。様子を見ながら進んでいくか」

「はい！　それじゃあ、皆！　頑張っていきましょう！」

「おー！　……あっ」

クーラスが興奮した様子で拳を突き上げてから、恥ずかしそうに手を引いた。

……まあ、元々の性格はあんな感じなんだろう。なぜか必死に大人ぶった態度をとってはいるが。

「シャイナが今行けるのは三十一階層までだったな？」

「は、はい」

「それじゃあ、これから三人は実際の迷宮攻略みたいに次の階層に繋がる道を見つけるんだ。いいな」

「わかりました！」

ネミファンが元気よく声を上げる。

……あれから、何度か戦闘を見ていたが、彼女らは三十一階層まで何の問題もなさそうだった。

初めは不安のあったクーラスだが、その様子も今はまったくない。

戦闘に慣れてきたからか、むしろ少し抜けてしまっている部分もあったがまあそこは様子を見ていけばいいだろう。

「それじゃあ、皆さん。ルードさんがいる間にできる限り限界まで進みましょう！」

「ええ、行きましょう」

クーラスは長い髪をかき上げるようにして、微笑を浮かべている。

早速三十一階層の攻略を開始する。索敵はクーラスが行っている。その間に、俺はネミファンに問いかける。

「三十一階層で戦ったことはあるのか？」

「ありません。ありませんが、知識としてはあります！　この迷宮は『一』とつく階層にはゴブリン系の魔物が出るそうです。階層が上がれば敵は強くなりますが、それでもゴブリンですからね！　なんとかなるでしょう！」

「油断だけはしないようにな」

この三十一階層くらいからDランク程度の魔物が出るはずだ。

敵の数がこちらよりも多くなければ、同等程度の戦いはできる……と思っている。

とにかく怪我しないようにだけ、気をつけて見張らないとな。

それまでと同じように、俺は三人の後ろについていく。草原のエリアではあるが、木々が増え、視界が悪くなっている。

……こうなると、すでに出現している魔物からの奇襲も増えてくるだろう。

おまけに、この階層にはあまり人もいない。魔物がどれだけ出現しているかはわからないな。

俺が魔力を感知しながら歩いていると、こちらを窺うように移動しているゴブリンがいることに気づいた。

索敵はクーラスの担当だが、クーラスはまだ気づいていないようだ。

指摘は、しない。

それ含めて、迷宮の歩き方を教えるのが俺たち同行者の役目だろうからな。

こちらに気づいたゴブリンたちが、仲間を集め出している。

ゴブリンたちは索敵から逃れるように気配を完全に消しているようだ。

恐らく、クーラスの索敵はまだゴブリンたちを看破できる域に到達していないのだろう。

これは、先制攻撃されるかもしれないな。

「魔物、いないですね！　私たちにびびっているんでしょうか⁉」

「そ、そうでしょうか？」

「そんなにビビってはいけないですよ！　ビクビクしていたら、魔物たちを調子に乗せてしまいますからね！」

「だ、だけど……ここまで数が少ないと、ちょっと気になっちゃいますよぉ」

ネミファンとシャイナは呑気に会話していたのだが、クーラスの表情が険しくなっていく。

「どうしましたかクーラス？　魔物いましたか？」

ネミファンは比較的小さな声で問いかけると、クーラスは眉間を寄せる。

「……何かいるようないないような。さっきから怪しい気配はあるんだけど……」

「なんですとっ。それはどちらの方角で――」

ネミファンが問いかけようとしたときだった。

声に合わせるように、ゴブリンたちが動き出した。

「ギィ！」

「ギャギャ！」

雄叫びを上げながら姿を見せたゴブリンは、五体。

「来ました！　構えてください！」

「うえ⁉」

木々の間から襲いかかってきたゴブリンたちに、ネミファンたちが慌てた様子で武器を構える。

棍棒を振り下ろしてきたゴブリンの攻撃を、ネミファンが剣で受け止める。だが、一体の攻撃を受けたところで脇から別のゴブリンが迫ってくる。

……それまで、ネミファンたちがやっていたような連携攻撃だな。数的有利をとって、相手を攻撃する。その基本的な攻撃を、ゴブリンたちにされている状況だ。

だが、ネミファンの判断は早い。ゴブリンを弾いてよろめかせ、他のゴブリンの攻撃をかわす。

盾を使ってうまく捌き、なんとか囲まれることは回避する。

同時に、彼女は近くのゴブリンへと切り掛かる。わざとらしい大きな動きに、ゴブリンたちの注目が集まる。

「私が、ゴブリンたちを押さえます！　シャイナとクーラスで一体ずつ処理していってください！　っと、わお⁉」

指示を出したネミファンだったが、ゴブリンの攻撃が腕を掠める。

かわしきれず、外皮が削られてしまったようだ。

さらにゴブリンたちがネミファンに迫る。

さすがに、この数は厳しいか。

シャイナとクーラスも、初動の混乱からは立ち直っていたが、ゴブリンを攻めきれずにいた。

「ネミファン！　こっちにゴブリン来てるぅぅぅー!!」

クーラスは完全にパニック状態で目をぐるぐると回している。

「なんですと!?　もう、こっちに来てください！」

ネミファンは『挑発』のようなスキルを持っていないため、うまくゴブリンたちの注目を集められていないようだ。

これに関しては三人パーティーなのだから仕方ない部分もあるな。

攻めきれず、ゴブリンからの攻撃で確実に皆の外皮が削られていく。

……これは、手を貸したほうがよさそうだ。

「さすがに、厳しそうだから手を貸すぞ」

「お、お願いします！」

「指示を出してくれ」

俺が自分で考えて行動してもいいが、今回はパーティーでの動きの訓練にもなるはずだ。

「ルードさん！　ゴブリンたちを引きつけてください！」

「ルードさんに集まったところで、各個撃破していきます！」

「ああ、了解」

ネミファンの言葉に、シャイナとクーラスが頷く。

……ずっと後ろで見ていて、体はうずうずしていたからな。

とはいえ、今回はあくまで同行している立場だ。あまり表には出ず、本来のタンクとしての仕事のみをさせてもらおう。

『挑発』を発動し、ゴブリンたちの注目を集める。それまで、三人を冷静に観察していた五体のゴブリンたちが俺をじっと見てくる。

「ギイ！」

雄叫びを上げながら、飛びかかってくる。

五体同時に、それぞれがそれぞれの隙を潰すように棍棒を振り抜いてくる。

俺はかわせる攻撃はかわし、振り抜かれた棍棒を大盾で受け止める。

そして、弾き飛ばした。

三人が待っているほうへ分断するようにゴブリン一体を吹き飛ばしたところで、残り四体のゴブリンに向けて『挑発』を再度使い、注目を集める。

こうすることで、弾かれたゴブリンを助けにいこうとする奴も出なくなるというわけだ。

『犠牲の盾』は、今回は発動しない。……あれは仲間の強化もしてしまうため、彼女らに力の誤解をさせてしまうだろう。

実際、キグラスたちと一緒にいたときもそうだったしな。

説明すればいいが、別にずっと俺たちはパーティーを組むわけではない。ここで強化された体での戦闘に慣れても意味はない。

三人がゴブリンを倒したのを確認したところで、俺はさらに一体を蹴り飛ばしてネミファンたちのほうへと弾いた。

そうして、一体ずつゴブリンを倒してもらえば、残りは一体。

「行きましょう！」

ネミファンが号令を出し、ゴブリンが体勢を崩したところで背後から攻撃する。

ゴブリンはすぐに攻撃をかわし、ネミファンたちに反撃しようとしたがそれを妨害するように『挑発』を放つ。

そうすると、ゴブリンの意識は一瞬だがこちらを向く。

その一瞬が、戦闘では命取りになる。

敵の注目をただただ集めていればいいわけではない。

タンクとして仲間を活かすことを楽しんでいると、戦闘はあっさりと終了した。

「すごい、すごいですよルードさん！」

「あ、ああああありがとうございました」

「さすが、ね」

クーラスは何だか落ち込んだ様子だ。

……散々に褒められていたが、俺からしたら格下の魔物たちだ。そこまで褒められるというのも恥ずかしさがある。

「まあ、そのためにいるんだしな。敵からの奇襲にだけは皆も気をつけてくれ」

「わかりました！　もっとちゃんと周囲を警戒していきますね！」

ネミファンが元気よく敬礼をしている中、クーラスが特に責任を感じて落ち込んでいるようだ。まあ、索敵要員が真っ先に敵に気づかないといけないからな。

そうして、俺たちは三十一階層を攻略していった。

特に、問題ないな。

「ルードさん、次の階層に向かう魔法陣を見つけたわ」

「よし、それじゃあ行くか」

「はい！　いつでも準備万端です！」

ネミファンが笑顔とともに声を上げ、俺たちは三十二階層へと進んだ。

景色は変わらないな。

魔物の気配も結構あるので、また奇襲には気をつける必要がありそうだ。

「ルードさん、ちょっといいかしら？」

「どうしたんだ？」

クーラスの声に反応すると、彼女はじっとこちらを見てくる。

「さっきの階層。ルードさんは魔物の接近に気づいていたのかしら？」

探るような視線にどう答えるか迷う。

……嘘をついても仕方ないな。

「ああ」

「ルードさんは索敵系の魔法かスキルを使えるの？」

また、答えに窮する質問だ。クーラスは純粋に成長するために質問をしてくれているんだよな。

俺の感知能力が上がったのは、マリウスやアモンに教えてもらった魔力の使い方のおかげだ。

……もちろん、指導すればクーラスも使えるようになるのかもしれないが、魔力は危険な力でもある。

暴走したときのことが脳裏によぎる。

これからずっとクーラスの指導を行っていくのなら教えてもいいが、そういうわけではない。

ここは、心苦しいが嘘をついてしまったほうがいいだろう。

「索敵魔法、が少し使えるんだ。それで気づいていたってわけだ」

「なるほど……まだまだ、私の魔法の精度が悪いということね。了解、頑張るわ」

「俺もそこまで詳しくはないが、魔力の消費量を上げたり、索敵の範囲を狭めることで効果を伸ばせるらしい。試してみるといい」

「……わかったわ」

「あとは、迷宮に残る跡も大事だ。多少の足跡や踏み荒らされた草とかはしばらく残る。それで魔物がどの方角に移動しているのかを考えて、索敵魔法を使ってみるといい」

「ええ、やってみるっ」

クーラスは小さく息を吐いてから再び索敵を行っているようで集中した顔つきになる。

……まあ、これでいいよな。

魔力を使った索敵の方法などは教えないほうがいい。

ニンやルナなど、索敵魔法で敵を正確に把握している人たちもいるんだし、魔の者たちの力に頼る必要もないだろう。

同行者、ではあるが色々と教えられることは教えてね、と言われているのでなんとも心苦しいんだけどな……。

「あ、あのルードさん」

「どうしたんだ？」

色々と悩んでいると、今度はシャイナが声をかけてきた。

彼女に振り返ると、びくりと肩を上げる。そちらから声をかけてきたのに、そう驚かなくても。

俺の顔が怖いからなのだろうか？　頬を赤らめながら俯きがちになっていたシャイナはもじもじとした様子で口を動かしている。

「もう、シャイナ！　ちゃんと話しておかないと！　ルードさん！　シャイナはルードさんに憧れているんです！　あっ、もちろん私のほうがファン度は強いつもりですよ！」

「ね、ネミファン……っ。よ、余計なこと言わないでくださぃぃ……」

「余計なことではありませんよ！　ここで立派にルードさんを慕う気持ちを伝えなければ！」

「も、もぉぉぉ……」

「ルードさんに関する記事が部屋にたくさん置いてあるではありませんか！　それを見てニヤニヤしているではありませんか！」

「い、言わないでくださいぃぃぃ！」

顔を真っ赤にして、俯きだす。

そ、そうだったのか？　指の間からちらちらとこちらを見ては、さらに顔を赤くして俯いてしまう。

「それはまた……ありがとな」

こんなとき、なんて答えればいいのかわからないがとりあえずお礼を伝えておいた。

シャイナはそれから照れた様子ではあったが、ゆっくりと立ち上がるとぼそぼそと口を開いた。

「ルードさんは覚えているかわかりませんが……私、レシッド村という出身でして……昔、勇者パーティーの方に助けていただいたことがあるんです」

「……レシッド村」

すべてを覚えているわけではないが聞き覚えのある村だった。

たまたま、キグラスたちと旅をしていたときに訪れた村の一つだ。長閑な場所、だったと思う。

「あそこは確かちょうど俺たちが宿にいるときに魔物が襲ってきたんだよな？」

「はい。でも、たまたま村に来ていたルードさんたちのおかげで、なんとかなったんです……っ」

「いや……魔物を倒したのは別の仲間だし、傷の治療をしたのだって……」

「わ、私！　魔物にまさに美味しくいただかれそうだったところにルードさんが盾でどーん！　って魔物を吹っ飛ばしてくれたんです……っ！」

……そういえば、そんな子もいた、かもしれない。

旅をしていると、助けた、助けられたというのは何度もあるもので、さすがにそのすべてを覚えているわけではない。

「……そうか。とりあえず、無事でよかった」

「……それで、私とても感動しました！　私もルードさんのような冒険者になりたいと思って、頑張っているんです！　あれからも色々と活躍されているようで……っ。アバンシア迷宮でも、キグラスさんとともに意志をもつ守護者を倒し、それからケイルド迷宮の攻略や、魔王の撃退……っ！」

……表向きは、そうなっているんだよな。

あのときは、別の冒険者たちにアバンシア迷宮の攻略を取られないようにするため、キグラスの代行として迷宮に潜った。

だから、手柄に関してはキグラスと分け合った形だ。キグラスとしては微妙な心境だったようだが。

興奮した様子で話していた彼女は、慌てた様子で視線を下げる。

「いや、今までそういう機会がなかったから、ちょっと照れくさいけどありがとう」

俺がそう答えると、彼女は嬉しそうに微笑んでいる。

まさか俺に憧れて冒険者になりたいという人が出るとは思っていなかったので慣れない感覚だ。

「実を言うと、私とシャイナはルードさんのファンということがお話するきっかけだったんですよ」

「そうなのか？」

「はいっ。そして、なんだかんだあってクーラスを拾ってきてパーティーが結成されたってわけです」

「私を捨て犬みたいに言わないでくれるかしら」

「すみませんっ。クーラスは猫のほうが好きですもんね！」

「そこじゃないわ……まったくもう」

クーラスは小さくため息を吐き、シャイナが微笑を浮かべていた。


その日の攻略は、三十五階層まで進んでいって切り上げた。

どの階層でもそうだが、一度に四体以上の魔物と遭遇すると戦闘に手間取っている部分はあったが、それは仕方がないことでもあるだろう。

まあ、そうなってしまうのは仕方ない。数で圧倒されるのが一番大変だからな。

学園に戻ってきたところで、今日の仕事は終わりとなる。

「それじゃあ、皆体は大丈夫だな？」

「はいっ！　問題ありません！　明日もよろしくお願いします！」

「あ、あああありがとうございました！」

「……色々と学びになったわ。ありがとうございました」

二人は元気よく声を上げ、クーラスは軽く会釈をして校舎内へと消えていった。

さて、これからどうするか。

今夜は学園内で晩餐会があるらしい。今回の依頼に参加している人たちを招いたらしく、俺たちも出る予定だった。

このまま会場に向かって時間を潰すか、あるいは時間までどこかに行くか。

そんなことを考えていると、

「ルード、戻ってきたんだな」

振り返ると、マリウスの姿があった。

「ああ、さっきな。そっちも今戻ったのか？」

「そうだ。皆、だいたい戻ってきているみたいだな」

「そうだな。……マリウスのほうは問題なかったか？」

……俺たちの中で、心配していたのはルナとマリウスだ。どちらも、あまり大っぴらにはできない立場だからな。

まあ、ルナは大丈夫だとは思うがマリウスは平気で口を滑らせそうなのでとても心配であった。

「ん？　オレのほうは特になにもなかったぞ？」

「そうか？　魔人とか魔王とか……変な話はしてないな？」

「まあ、多少は話したが……」

「話したのか!?」

「うおっ、なんかアバンシアでグリードとかと戦ったときのことを聞かれてな。そのときの話をしただけだ。まあ、オレは何もしていなかったからルードから聞いた話をしただけだけどな」

……そういうことか。

アバンシアでの戦いは、新聞などにも載っていたので多くの人が知っているようだ。

魔王なんて、架空の存在として考えている人が大半なのだから、興味を持たれても当然か。

「まあ、正体がバレたわけじゃないならよかったよ」

「オレだって、さすがに自分の立場くらいは理解しているからな」

「そうだよな……」

「バレない、ギリギリをせめるさ」

「せめるな、抑えてくれ」

　笑顔で能天気なことを言うマリウスだが、まあ彼もバレるようなことは言わないだろう。

「この後、オレたちは晩餐会があるんだろう？」

「ああ、立食形式でのパーティーだな」

「楽しみだな」

　子どものように無邪気に笑うマリウスにため息をついていると、ルナとニンもこちらへとやってきた。

　ちょうど、二人とも同行が終わったようだ。

「あんたたちも終わったのね」

「そうだ。そっちも問題なさそうだな」

「ええ、無事にね。ルナも大丈夫よね？」

「はい。皆さん、とても真面目で……私も色々と参考になりました」

ルナの場合、魔法などをすぐに覚えられる特性があるので、もしかしたら言葉の通り、色々と学んできたのかもしれない。

「確かに、皆いい子たちだったな」

「それなら、クランにスカウトとかはしたの？」

ニンの指摘でメロリア様が話していたことを思い出す。

気に入った人がいれば、自分のクランへのスカウトも許可されていたんだったな。

ただ、見守ることに全力で、そんなことは頭からすっぽ抜けてしまっていた。

「俺のほうは特にしていないな。ニンはしてくれたのか？」

「迷ったのよねぇ。ほら、うちって色々と抱えている事情もあるじゃない？」

確かにな。

ルナのようなホムンクルス関係の問題。

マリウス、アモン、グラト、モーといった魔王に関しての問題。

ある意味、一番の問題であるアバンシア迷宮の管理など、俺たちが抱えているものは結構色々ある。

もしも、クランに誘うならそれらの課題を受け入れられる土壌のある人でないといけない。

「そう考えると、今は無理にスカウトとかはしなくてもいいのかもしれないよな」

「かもしれないわねぇ。まあ、それでも問題なさそうな子には、いつでも受け入れられるくらいには伝えておくってのもありじゃない？」

……まあ、そうだな。

将来的にどうなるかはわからないが、自分たちよりも若い子たちを入れていく必要があるのも確かだ。

いつまでも、自分たちが冒険者でいられるわけではないしな。

「そうだな。……皆、将来有望そうな冒険者だしな」

「ほんとよねぇ。結構しっかり指導しているみたいで、あたしなんてついていくくらいしかしてなかったわよ」

そう言うニンに、マリウスが笑顔を浮かべる。

「こっちは時々戦闘にも参加したぞ？　楽しかったな」

「マリウス、邪魔はしてないでしょうね？」

「あくまで、たまーにだ。そう怖い目をするな」

「まったく。あんたたちはこのまま会場に行くの？　それとも、一度汗を流しにでも行く？」

確かに、そうだな。

結構動いたので汗もかいている。他の人のことも考えたら、どこかで体を洗ってきたほうがいいかもしれないな。

「……そうだな。一度宿に戻るか」

まだ時間はあるので、俺たちは宿へと向かい、少しだけ休憩をとった。


一度宿に戻った俺たちは、近くにある公衆浴場で汗を流してから、再び学園へと戻っていった。

晩餐(ばんさん)会にもいい時間になってきて、案内された建物へと入っていくと結構な人がいた。

今回の依頼に参加した各クランの冒険者たちが集まっている。

すでに料理などは自由にとれるようになっていて、ところどころで食事を楽しんでいる人の姿がある。

冒険者たちの集まりであり、皆私服のままでの参加だ。このほうが、俺としては落ち着いていいな。

「ちょっと飯とってくる！」

「……ああ、迷惑かけないようにな」

マリウスが目を輝かせながら、料理が並ぶテーブルへと向かっていく。

アモンもいれば、同じような反応をしていたかもしれない。

ちらと視線を向けると、ルナもうずうずとした様子だ。

「ルナも、食べたいものがあれば行ってきていいからな？」

「……は、はいっ」

ルナは少し迷ってから、マリウスよりは落ち着きながらも早足に向かっていく。

そんな二人の背中を見送りながら、ニンが苦笑する。

「二人とも、子どもっぽいところあるわよね」

「そうだな。ニンは行かないのか？」

「あたしも、お酒もらいに行ってくるわねー」

「……ああ、ほどほどにな」

明日も仕事あるんだから。まあ、ニンの場合魔法でいくらでも状態異常を回復できるからな……。

さて、俺も食事でもとりに行くか。そう思ったときだった。

バシバシと肩を叩かれる。ニンだ。

「……どうしたんだ？」

「……ルード、あそこにいる人見える？」

ニンがちらと示したほうに視線を向ける。

俺は思わず固まってしまった。

そこには、一人で食事をしている男の姿があった。

……キグラスだ。

装備品を全体的に見直したのだろう。どこか落ち着いた雰囲気になった彼は表情も穏やかで、並ぶ料理を皿にとっていた。

どうしようか。まだ向こうはこちらに気づいていないようだ。

色々あったが、最後にはお互い納得して別れている……少なくとも、俺はそうだった。

とはいえ、どのように声をかけるか迷ってしまう。

「せっかくだし、挨拶でもしてきましょうか」

「あっ、おい」

そう言って俺の内心など考えず、ニンが歩き出した。

その後を追うようについていく。キグラスはちょうど背中を向けていて、こちらに気づいている様子はない。

そんな彼の背中をばしっとニンが叩(たた)いた。

「久しぶりじゃないキグラス」

開口一番。

ニンの声と背中を叩いた一撃に、キグラスはむせた。

「ぶへっ!?」

ちょうど食事を口に運んでいたようで、僅かにその場で吐きこぼす。

談笑の多い会場であったが、さすがにそこまで派手に騒いでいる人もいないため、キグラスたちに注目が集まる。

「あんた汚いわよ」

「……き、汚いわよ、じゃねぇよ！　いきなり声かけてきやがって……」

キグラスは口元を拭いながら、驚いた様子でこちらを見てきた。

その表情は少しばかり引き攣っているようにも見える。

「久しぶりね」

「……久しぶりだな」

俺たちが答えると、キグラスはいまだ返答に悩んでいるようで表情を変化させていた。

それでも、俺たちが挨拶をすると、彼は迷った様子を見せながら口を開いた。

「……よ、よう」

気まずそうな表情とともに捻り出された言葉は、僅かにそれだけだ。

……といっても、こちらもこれ以上話すことはなかったので、会話はそこで中断となってしまう。

お互い視線を合わせたまま、何も言わずにいると、ニンが呆れた様子で息を吐いた。

「ま、色々あったたし、でもルードはもう別に何も思ってないんでしょ？」

「……まあ、そうだな」

「それなら、ほら。久しぶりに再会したかつての仲間への挨拶くらいでいいじゃない。冒険者同士、何度も会えるとも限らないんだし」

ニンは、ニンなりに気を遣ってくれたのだろう。

俺としても、先ほどの返事に嘘偽りはない。

お互いにもう何かあるわけじゃない。普通に話せばいいんだよな。

「キグラスも冒険者の指導をしていたんだな」

「まあ、な。最近はずっとこの学園の世話になってんだよ」

「そうなのか？」

「ああ。なんでも指導者の人手が足りないらしい。元とはいえ勇者の肩書きがあったオレに色々と聞きたいことがあるそうだ」

「確かに、勇者の経験はでかいよな」

確かに、俺たちは色々な迷宮を攻略してきたので、その経験は指導する側としてはかなり有益なのは違いない。

ひとまず、俺としてはキグラスが元気そうで何よりという気持ちだった。

「そっちは、依頼を受けて来たんだろ？」

キグラスの問いかけに、俺は頷(うなず)いた。

「ああ。元々、学園長のメロリア様と知り合いでな。その恩返しもしたかったんだ」

「なるほどな。この学園の生徒たち、かなり強くて驚いたんじゃねぇか？」

「まあな」

「冒険者としての技術はたぶん同年代の奴よりもずっと高いぜ。まあ、色々問題もあるけどな」

キグラスの言う問題について、いくつか心当たりはあった。

確かに皆優秀で、優等生……なんだよな。

「あんまり、危機を経験できないよな」

「やっぱ気づいてたか。今回の仕事もそうだが、ぶっちゃけ問題が発生してもオレたちが対応できるだろ？　そんなの危険も何もねぇだろ？」

「まあ、な」

わかりやすい言葉で言えば……。

「緊張感はないわね」

ニンが俺たちの考えていたことを言葉にしてくれた。

「つっても、それで死んだら意味ないしな。でもまあ、そんな環境だからか知らんが調子に乗ってる奴もいるんだぜ？」

「あんたに言われるってよっぽどじゃないの？」

ニンがからかうような調子で言って、キグラスが軽く笑う。

「うっせぇよ。まあ、だからこそオレが必要だって依頼が来たんだよ」

「……どういうことだ？」

キグラスの言葉に首を傾げると、彼は答えにくそうな表情になる。

それから頬をかきながら、口を開いた。

「簡単な話、オレは色々やらかしたろ？　それを結構な奴が知っているわけでな。反面教師にはもってこいってわけだ」

納得、していいものかどうかは迷うが確かに冒険者として調子に乗ってはいけない、という意味ではキグラスはいい教材になる……かもな。

彼が直接自分の経験などを話せば、力をつけて少し調子に乗っている人たちにも伝わるものがあるのかもしれない。

「あんた、そういうの馬鹿にされてる感じがして嫌いなんじゃないの？」

昔のキグラスを考えれば、ニンの考えもわかる。

「まあ、嫌いっちゃ嫌いだが……色々と思うこともあってな。自分を見つめ直すいい機会だと思って、仕事してんだよ」

そうなんだな。彼なりに、若い冒険者たちを育てたいという気持ちがあるのかもしれない。

キグラスは恥ずかしそうに近くの料理を皿によそい、口へと運んでいく。

ただ、今の彼は落ち着いていて、この仕事を少なからず楽しんでいるようにも見える。

少なくとも、勇者として常に周りを気にしていたときに比べると精神的にも健康そうに見えた。

「そうか。まあ、元気そうで良かったよ」

「おかげさまでな。ていうか、ちょっと気になっていたんだが、あっちにいる男ってアバンシアの迷宮にいた守護者、じゃないよな？」

キグラスが引き攣った表情を向けた先には、マリウスの姿があった。

……そういえば、キグラスは会っていたんだな。

誤魔化したところで怪しまれるだろうし、隠すことはできないだろう。

「色々あって、今はアバンシアを守ることに協力してくれてるんだよ」

「……意味わかんねぇなおい」

「俺も初めは同じ気持ちだったが、今は大切なクランの仲間だ」

キグラスはしばらくマリウスを見ていたが、それから肩をすくめた。

「そうなんだな。ま、そっちの問題に部外者のオレがとやかく言うつもりはねぇよ。そのクランのほうは調子いいみたいだしな」

「まあな」

次から次に問題が生まれてはくるが、調子は悪くないよな。

だんだんと昔のようにキグラスと話ができるようになってきたと思っていると、キグラスが息を吐いた。

「ま、ここでの指導経験は長いから、何かわからないことがあったら聞いてくれや。少しくらいは教えてやるよ」

「そのときは遠慮なく頼らせてもらうよ」

「多少は遠慮してくれっての。ほら、早めに飯食ってきたほうがいいぜ。人気の料理はすぐ終わっちまうからな」

早速、ここでの振る舞いを指導してくれたキグラスに苦笑しながら、俺たちはそこで別れた。

俺たちも夕食をとるため、テーブルへと向かう。

「ニン、わざわざ声をかけてくれてありがとな」

「あんたたち、どっちも不器用だからねぇ。まあ、交流があって悪いことはないでしょ？」

「そうだな」

元は同じパーティーメンバーなわけで、何かのときには力を貸してもらうこともあるかもしれないしな。

逆にこちらが手伝えることもあるだろう。

「それにしても、キグラスはなんか憑きものが落ちたっていうか……昔よりも落ち着いていたな」

「そうね。あれくらいのほうが冒険者としても生きやすいわよね」

昔はどこか焦りのようなものも感じていたのだが、今はそういう様子もない。

少し、生意気な様子は初めて出会ったときにもあったがあれはもう彼の個性だろう。


食事をとっていると、マリウスとルナも戻ってくる。

マリウスは楽しそうに周囲へ視線を向ける。

「それにしても、強そうな冒険者がたくさんだなルード」

「ここで切り掛かるのはやめてくれよ」

「うまく模擬戦などに持っていくことはできないものか……」

何やら思考しているマリウスは、お酒に手を伸ばし、顔を顰める。

「雰囲気に合わせて酒を飲んでみたが、むー、こいつは苦手だな」

「わ、私も……これは苦手です」

ルナも昔挑戦したときのように、舌で少し舐めて顔を渋い表情にしていた。

「まあ、無理しないようにな」

「で、ですが、私だってもう大人ですからね。このぐらいは飲めるようになれますから」

ルナは一生懸命お酒を飲んでいるが……まあ、無理しなければいいか。

色々とあったが、俺たちは晩餐会を楽しんでいった。

第四十二話　イレギュラー

次の日。

今日もネミファンたちとともに迷宮へと潜る予定で、ひとまず彼女たちと合流するために学園へと来ていた。

「おはようございます、ルードさん！」

学園についてすぐ、大きな声で挨拶をしてきたのはネミファンだ。

元気な挨拶に負けないほどに明るい笑顔を浮かべているネミファンに、俺も笑いかける。

「おはよう、ネミファン。シャイナとクーラスももう来ているのか？」

「ええ、来ていますよ！　私たちが借りている小教室にて、準備中です！　ルードさんはもう準備完了ですか？」

「ああ、問題ない」

俺の準備、といってもそこまでやることはない。

今持っている大盾と剣くらいだ。気を抜いているわけではないが、戦う魔物は低ランクでありそこまで苦戦するようなことはないしな。

ネミファンとともに小教室へと向かうと、装備品を確認しているシャイナとクーラスと出会う。

「お、おはようございます、ルードさん」

まだ少し緊張した様子ではあったが、落ち着いた表情とともに頭を下げてくるシャイナ。

対して、クーラスは何かの紙をじっと眺めていた。

「何をしているんだ？」

問いかけると、彼女は髪をかき上げふっと微笑を浮かべた。

「昨日の反省会をしていたのよ。三十階層以降は魔物の索敵の精度が落ちていたでしょう？　魔法に関して改めて見直していたのよ」

おお、真面目だ。

魔法を組み立てるには、魔法陣を細かく作る必要がある。皆似たような見た目をしているが、それぞれ少しずつ違っているそうだ。

とはいえ、生活で使う程度の魔法ならそこまで気にすることもないため、俺にはあまりよくわからないことだった。

ニンかルナだったら適切なアドバイスを出せるのかもしれないが、クーラスに対してはあまり指導できないな俺。

　魔法を使うには魔力を使うのはもちろんだが、それでも魔の者たちが使うものとは質が違うしなぁ。

「ルードさんの準備が整っているのでしたら、早速出発しませんか？」

「俺は大丈夫だし、行くか」

　頷くと、すぐに皆が席を立った。

　早速、俺たちは学園を出て迷宮へと向かう。

「今日の目標はどうする？」

「四十階層まで行きたいです！」

　大きく出たな。ただ、彼女らの能力を考えれば難しくはないだろう。

「四十か。そうなると、中ボスもいるよな？」

　俺たちが現在入っている迷宮は十の倍数ごとにボスモンスターがいるそうだ。

　通常のモンスターよりも強いため、戦う場合は気が抜けない相手だ。

　……昨日のキグラスの言葉もある。できる限り、強い相手に挑戦させ、限界の戦いを体験させてあげたかった。

　冒険者は冒険をしないものだ。

　自分の能力で戦える限界を見極め、負傷しないように魔物の素材を集めることで生計を立てる。

ただ、それでもどうしても逃れられないイレギュラーに遭遇することがある。

……俺がいる限り緊張感は減ってしまうと思うが。

「中ボスはいますが、それほど強くはないと聞いています。私たちなら、問題なく戦えるかと」

シャイナは目が合うと恥ずかしそうにしているが、それを除けばかなり自信に溢れた表情だ。

クーラスも同じで、余裕の微笑。……まあ、彼女はわりとすぐにパニックになるが。

「それじゃあ、四十階層目指してみるか」

「はい、行きましょう！」

四十階層の魔物は実際に見てみないことにはわからないが、最悪は『ダンジョンウォーク』で脱出すればいいだろう。

そしてできれば、少しは苦戦するような魔物が出てきてくれることを望むばかりだ。

『ダンジョンウォーク』を使用し、昨日攻略していた階層へと向かう。

そこから、さらに進んでいき、迷宮の三十五階層で戦闘を続けていく。

そのときだった。

気配を消すようにして魔物たちが近づいてきている。

昨日の魔物よりもさらに気配を消すのが上手いな。

ただ、クーラスもぴくりと目尻を上げている。

どうやら気づいたようだ。

「右から敵が来ているわよね、ルードさん」

「ああ、そうだな」

今日のクーラスは絶好調だな。近づいてきていた魔物たちを倒したあと、別の魔物も見つけ出し、こちらが先制攻撃を行う。

これなら、俺が戦いに参加する必要はなさそうだな。

そうやって三十五階層から三十六階層へと移動したとき、クーラスの眉間にシワがよる。

「誰かいるわね」

「え？　三十六階層にですか⁉」

ネミファンの驚きは当然だ。

この迷宮は学園の生徒しか入れない。三十六階層に来られる生徒は限りなく少ないため、驚いているのだろう。

俺も周囲の気配を索敵し、その方角を調べる。

数は四人。編成的には俺たちと同じように感じる。

「学園の生徒かしら？」

「そ、そうだと思いますけど……もしかして……ゲルトさん、たちでしょうか？」

「知ってる人なのか？」

シャイナに問いかけると、彼女はこくこくと首を縦に振る。

「ゲルトさん、学園でもかなりの実力者なのですが……その、色々と問題があるんです。だから、迷宮に入るのは禁止されていたんですけど……ここまで来られる学園の生徒はゲルトさんくらいしか思い浮かびません」

問題児というのが気にはなるが、そこまでの子なんだな。

「一度様子を見に行ってみましょうか！」

ネミファンが元気よく声を上げ、そちらへと向かう。

まあ、学園の生徒かどうかは確かめておいたほうがいいだろう。

気配の方角へと向かっていく。もともと、この階層で戦闘している人がいることもあってか、魔物との交戦回数も少ない。

三十六階層でも、戦闘自体は問題なく行えている。迷宮内に生えていた木々に身を隠すようにして、様子を窺(うかが)うと。

「おっしゃぁ！　さっさと次行くぞ！」

声を張り上げたのは女性だ。どうやらあのパーティーのリーダーのようだ。

「おい、ゲルト！　だから、メンバーの状態をちゃんと確認しろって言ってんだろ！」

ゲルト、と叫んだのはキグラスだ。

見ると、キグラスとゲルト以外の二人は疲れたような顔をしていた。

「あっ、学園の生徒たちですね」

それまで別の人たちの可能性も考えていたからか、シャイナの表情から緊張が抜けた。

陰から様子を見ていると、ゲルトという子が一人で魔物に突っ込んでいく様子が何度も見られた。

……連携なんて何もないな。ゲルトに支援魔法を使用し、ゲルトが敵を殲滅（せんめつ）する。

あのパーティーはそんな戦い方だ。

問題児、というのは……まあ見ていてわかるな。

「迷宮に入るの禁止されてたけど、あの様子だと同行者ありで許可されたみたいね」

なるほどな。

昨日の食事会でも、キグラスが大変だと話していたが……ゲルトの面倒を見るように言われた理由もわからないではないな。

「まったく、こっちのこともちょっとは考えろってのって」

ゲルトの戦闘の様子を見ながらもキグラスが周囲を気にし出した。

向こうにも索敵要員はいるのだろうけど、たぶんあの肩で息をしている二人ではないだろうか？

やがて、キグラスの視線がこちらに向いた。

少し警戒した様子を見せる。

まあ、生徒を守る立場なんだからそうだよな。向こうを驚かせないように、俺たちは姿を見せる。

「ルードたちか」

魔物ではないと判断したキグラスが剣に伸ばしていた手を下げる。

少し疲れたような表情ではあるが、笑顔だ。

「悪いな、驚かせて」

「いや、別にいいって。まさか、そっちもここまで来るとはな」

そんな話をしていると、戦闘を終えたゲルトがこちらに気づき目を輝かせた。

「あっ、確かルードさんじゃないっすか！」

「あ、ああ」

「いいなぁ、私もルードさんみたいなSランク冒険者に教えてほしいっすよ！　こっちの人、勇者クビになったくらいの奴っすよ？」

ぷぷぷ、と笑うゲルトにキグラスが頬をひくつかせる。

「て、てめぇ」

キグラス、落ち着け。

「なんすか？　本当のこと言われて怒るっすか？」

「てめぇ、ぶん殴られてぇのか!?」

拳を握りしめたキグラスに、俺は慌てて声をかける。

「そう怒るなってキグラス」

「……ちっ、ゲルト。てめぇはもう少し周りへの気遣いを持ちやがれ。メンバーの状態を見ろ。皆疲れてるだろ？」

「だって、弱すぎるんすよ、こいつら。私に合わせて欲しいっすよ」

ゲルトは今も地面に座るようにして休んでいる二人を露骨に見下したような視線を向ける。

確かに、ちょっと生意気そうな雰囲気があるな。

キグラスは、そんなゲルトを見てため息をついた。

「いいか？　おまえがなんで迷宮に入るのを禁止されていたかわかるか？」

恐らくは、今のような態度が原因なんだろう。キグラスはそれを自分の口から言わせようとしての発言なのだろうが、ゲルトは自信に溢(あふ)れた顔を浮かべた。

「嫉妬って奴じゃないっすか？　私強すぎっすから」

「てめぇは周りが見えなさすぎなんだよ。いつか、死ぬぞ」

キグラスの言葉に、ゲルトは気に食わなそうにこめかみをぴくりと上げた。

「さっきの戦闘だって一人で問題なかったじゃないっすか」

「無理なくらい敵が強かったらどうするんだ？」

「そんな危険なことはしないっすよ。キグラスさんと違って馬鹿じゃないんで」

「迷宮内で常識は通用しねぇんだよ。急に守護者に襲われることだってあんだぞ？」

「無謀な挑戦はしないっすから。なんとかなるような迷宮にしか入らないっすよ」

彼女の言うそれは、恐らく迷宮の難易度を示しているのだろう。

ギルドが正式に発表した迷宮の難易度は、確かに正しい。だが、イレギュラーが発生するのも事実だ。

キグラスが話しているのは、そのイレギュラーと遭遇したときのことについてだ。

仮に、イレギュラーと遭遇したとしても、皆の力を合わせれば、イレギュラーからだって生還することは可能だろう。

ただ、今のゲルトのように、一人で無鉄砲に挑むような考えでは、イレギュラーに遭遇しても何もできずに死ぬ可能性はある。

「その迷宮の難易度がアテにならないこともあるんだぞ？」

「だとしてもっす。大丈夫っすよ」

どこからその自信が来るんだろうか。

キグラスがイライラした様子であったが、確かに俺もゲルトの面倒を見るように言われたらそうなってしまうかもしれない。

そう考えると、ネミファン、シャイナ、クーラスの三人はとても素直でいい子だよな。

そんなことを考えながら、ゲルトをじっと見る。

彼女の無駄に自信に溢れた態度や生意気な様子は、まるで若くなったキグラスみたいだな。

「おいルード。今失礼なこと考えてなかったか？」

「気のせいだ。大変そうだな」

結局ゲルトの心には響いていないようで、彼女は不満そうに剣の素振りをしていた。

ネミファンたちもちょうど休憩を取る予定だったので、俺たちは並んで話していた。

「……まあ、ちょっとばかり生意気なんだよ。力はあるんだが、それゆえに周りを見下すんだよ」

「なるほどな」

「ここまでゲルトは大きな挫折を経験してねぇ。なるべくなら、オレが見てる間にそういうのに遭遇してほしいんだが、そう都合よくもいかねぇんだよな」

まあ、な。

そう簡単にイレギュラーに存在することはないからな。

「まあ、な。ゲルトは将来有名になれるだけの素質があるんだしな。ああやって増長しちまったら、ちょっとのことじゃ治らねぇからな。多少のミスなんか、仲間のせいにしちまうし」

「色々考えてるんだな」

「……なるほどな」

……似たような話を聞いたことがあるな。

俺が納得していると、再びじとりと視線を向けられる。

「どこかで聞いたことあるとか思ったろ？」

「……いや、思ってないぞ？」

「顔に出てんだよ。オレとしちゃあ、ユニークモンスターでも出てきてくれりゃあいいんだけどな」

迷宮の管理者がそういう設定にしてくれていたらいいんだがな。

ユニークモンスターの設定などは、アモンから簡単に説明されたことがある。

例えば、一定回数この魔物が倒されたら……とか、この魔物が倒されたときに何％の確率かで出現、みたいな設定ができるらしい。

レアな魔物は冒険者にとって喜ばしいこともあれば、嬉しくないときもある。アモンたちとしては、油断した冒険者の外皮を一気に削るチャンスでもある、そうだ。

「あの迷宮の管理者……マリウスとはうまくやれてんのか？」

「ああ」

「魔物の振りでもしてくれねぇかねぇ？」

「……さすがに、本気で暴走したら俺でも止められないかもしれないぞ？」

「そいつはやべぇな」

マリウスも、昔よりも力をつけているしな。

今、あの魔物の状態で本気で暴れられたらどうなるかわかったものじゃない。

「そっちは真面目そうな奴(やつ)らでいいな」

「まあ、そっちに比べたらな」

メロリア様は恐らく、キグラスの経験を聞けばゲルトも考え直すと思ったからゲルトの担当にしたんだと思う。

まあ、今のところ効果は微妙そうだけど。向こうで不満そうに剣を振っているゲルトは、魔物と戦いたそうな雰囲気を出したままだ。まるで、先ほど言われたことなど頭にはないように見える。

「そんじゃ、そろそろ休憩も終わりにするかね。うちの問題児が苛立(いらだ)ってきたしな」

「そうか。気をつけてな」

キグラスたちとはそこで別れ、俺たちも休憩をとっていく。

「皆さん、そろそろ行きますか？」

「私は、もう大丈夫……です」

「私もよ。索敵の準備もしてるわ」

「はいっ。ルードさん！　それじゃあ、行っても良いでしょうか⁉」

……こちらは皆素直だな。じっと見てくる三人はまさに忠犬のようであり、俺は頷いて休憩を終了した。

キグラスたちとはお互い、狩場を邪魔しないようにしながら三十六、三十七と階層を進んでいく。

今回の目的は中ボスに挑戦することであり、四十階層手前まで来たところで俺たちはもう一度休憩をとる。

持ってきていた水を勢いよく飲んでいたネミファンが、声を上げる。

「ぷはぁ……っ！　動いたあとのお水はとても美味しいですね！」

「そうですね」

ここまで戦闘を繰り返していたこともあり、皆かなり疲れているように見える。

一番疲れているのは、クーラスか。

今はいつもの余裕ぶった表情を浮かべる元気もないようで、全力疾走したあとのように黙って休んでいた。

索敵にかなり力を入れていた彼女は、ここまで敵に先手を許すことはなかったのだが、それだけ集中していたということでもある。

今も一人静かに水を飲んでいる姿は、かなり疲れが溜まっているのだろう。

「クーラスさん、大丈夫ですか？　かなり疲れているように見えますが」

「……ま、まだ大丈夫」

「声、掠れていますが」

「……疲れたぁ。……じゃなくて、疲れたわ。正直索敵に関してはもうあんまり正確なものはできなくなってきたわ」

「そうですよねぇ。そうなりますと、これ以上進むのは厳しい、ですかね？」

ちらとネミファンがこちらを見てくる。まだ戦いたい様子ではあるが。

「確認なんだが、四十階層は中ボスなんだよな？」

とりあえず、四十階層の様子を見て、また後日挑戦、ということもできる。

中に入るだけで、『ダンジョンウォーク』で移動できるようになるしな。

「そうですね。それならば、別に索敵は必要ありませんね！　クーラスさん、戦闘自体はできるのでしょうか？」

「そうね。魔法を使わないで済むのなら、大丈夫よ」

……クーラスの戦闘は魔法と近接を合わせてのものなので、攻撃力は下がってしまうがそこは仕方ないだろう。

「わかりましたっ！　それでは、四十階層に一度行ってみて、様子を見ましょうか。難しいようならシャイナさん、逃亡できるように準備しておいてください！」

「わ、わかりました！」

「もしものときは、ルードさんが助けてくれる、ということで良いでしょうか？」

「ああ、それで構わないぞ」

……大丈夫そうだな。

ネミファンは的確に指示を出しているし、判断もできている。

同行者がいなければ無茶をするということもないだろう。

俺たち同行者の役割は、彼女らがどこまで迷宮を攻略できるかを調べさせることでもあるしな。

全員が動ける程度まで回復したところで、俺たちは四十階層へと向かう。

次の階層へと繋がる魔法陣の前に立ったところで、その魔法陣が光を放った。

僅かに警戒しながら見ていると、そこにはキグラスとゲルトたちの姿があった。

ゲルトは、見るからに怒ったような表情だ。

「ああああああ！」

髪をかきむしり、声を荒らげる。

　突然のゲルトの叫びに、他の二人はびくりと肩を上げる。

　キグラスも煩わしそうに視線を向けている。

「おい、ゲルト。あんま叫ぶんじゃねぇ、魔物が来たらどうすんだよ」

「だってこいつらが弱いせいで、ボス攻略できなかったんっすよ⁉　イラつくなってほうが無理じゃないっすか！」

　彼女は苛立った様子を微塵も隠さず、メンバー二人に視線を向ける。

　どうやら、四十階層のボスモンスターの攻略に失敗したようで、その責任を二人に押し付けているようだ。

　実際のところはどうかわからないが、このメンバーで攻略できる限度を判断するというのもゲルトの仕事だろう。

「判断したのはてめぇだろ、リーダー。その判断に責任持てよ」

「こいつらがもっとやれれば、どうにかなったんすよ！」

「このパーティーメンバーでどこまでやれるかを考えて行動する。それもリーダーの仕事なんだよ。おまえは判断を誤った。言い訳並べたって変わんねぇぞ」

　キグラスが冷静にそう言ったが、ゲルトは気に食わなそうだ。

「もっと強い奴らなら、こんなことにはならなかったんすよ。ああ、くそ、気に食わねぇっす！」

ゲルトが強く仲間二名を睨みつける。すっかり萎縮してしまっている様子の二人を見て、ネミファンは何かを考えていた。

それからしばらく彼女は考えるように表情を変えていたのだが、ぽんと手を打った。

「それでしたら、ゲルトさん。共に攻略に向かいませんか？」

「あ？」

突然のネミファンの提案に、ゲルトが顔を顰めた。

それは、クーラスもだ。

「ネミファン？　ゲルトが一緒にいたらパーティー崩壊するかもしれないわよ？」

「おい、聞こえてんすけど？」

「ですが、ゲルトたちが攻略できなかったとあれば、私たちだけでは苦戦するかもしれません。別に、パーティー同士で組んではいけないという決まりもありませんし」

「ちょっとネミファン？　何普通に受け入れてるっすか？」

「まあ……そうね。確かにゲルトがいれば、攻撃面での不安はなくなるわね。仕方ないわ、我慢しましょうか」

「というわけで、どうでしょうかゲルトさん？　一時的に協力するというのは！」

ネミファンが元気よく手を差し出す。

しかし、その差し出された手をゲルトは頬を引き攣らせながら見ていた。

「ここまで言われて、私が参加すると思ってるっすか？」

「ですが、四十階層を攻略したと報告できますよ？」

「……」

ネミファンの提案にゲルトはめちゃくちゃ悩んでいる。ゲルトにとって、四十階層攻略報告はかなりのもののようだ。

しばらく悩んでいたゲルトだったが、やがてゆっくりと頷いた。

「まあ、いいっすよ。ボスモンスターさえ攻略できれば、また四十一階層から攻略していけるし」

通常、迷宮の中ボスなどは他の魔物よりも強いことが多い。

だから、四十階層と四十一階層を比較すると、魔物だけで見れば四十一階層のほうが弱いということがよくある。

ただ、ボスモンスターと違って通常の魔物は大量に出現するので、難易度はまた別の方向で高いんだけど。

「そういうわけで、ルードさん。私たち、ゲルトさんのパーティーと一緒に四十階層を攻略しますが、いいですか⁉」

「ああ。俺は別にいい。キグラスは？」

「オレも別にいいぜ」

生徒が自主的に考えたことなのだから、俺たちがどうこう言うことはない。

実際、迷宮内で冒険者同士が協力するということも稀にある。

その際、手に入れた報酬などの取り分は予め決めておく必要はあるが、まあそれを含めて今のうちに学んでおけばいいだろう。

「それでは、実際のパーティーでの動きについて確認していきましょうか」

「そういや、リーダーはどうするっすか？　もちろん、私っすよね？」

「それでも別に構いませんが、どうしましょうか？」

……二つのパーティーが合わさるとなると、そういった部分でも問題が出てくる。

ネミファンは特にこだわりはないようで、皆に問いかけるのだが、クーラスが露骨に嫌そうな顔を作る。

「私は、多数決がいいと思うわ」

クーラスの言葉に、ゲルトがぴくりと眉尻を上げたが、反対意見はしなかった。

「それじゃあ、多数決にしましょうか！　まず、ゲルトさんがいいと思う人！」

「はいっす！」

手を挙げたのは、ゲルト一人のみ。

ゲルトの仲間二名は手を挙げず、その場で固まっていて、これにゲルトの表情がみるみる険しくなっていく。

「お、おい！　どうなってるっすか⁉」

ゲルトが同じメンバー二人の女性を睨むが、彼女らは苦笑とともに頬をかいた。

「いやぁ、ゲルトの指示だとわかりにくいっていうか……ぶっちゃけ、指示っていう指示じゃないかなぁって思って」

「なっ⁉」

彼女の言葉に、ゲルトは眉を寄せる。

……となると、

「えーと、それじゃあゲルトさんへの票はゲルトさんの一票のみということで……」

「いや、ちょっと待つっすよ！　異議ありっす！」

「はいはい。うるさいから。それじゃあ、次はネミファンね。ネミファンのほうがいいと思う人ー」

クーラスが無理やり押し切って多数決を行う。ネミファンは手を挙げていなかったが、それ以外の四人が手を挙げることに。

「というわけで、リーダーはネミファンってことで」

「んなぁぁ！」

あっさりと多数決は終了したのだが、ゲルトはとても不服そうに頬を膨らませている。

何か言いたそうではあったが、それでもゲルトはそれ以上何も言うことはなく、黙ってパーティーメンバー二人を睨んでいた。

……今までのやり取りを見ているだけでも、結果としては仕方ないのでは、と思えてしまった。

「それでは、四十階層の攻略を行っていきたいと思いますが、まずは事前に各自の役割を決めていきましょう！」

ネミファンが明るく声を発し、話をまとめていく。

ゲルトは少し心配だが、それ以外は問題なさそうだな。

とりあえず、俺たちは後ろからその様子を見守っていた。


それから数回。

三十九階層で戦闘を行い、各メンバーの様子を確かめる。

各メンバーで連携の練習をしていた際に、ゲルトの残り二人のパーティーメンバーの状態も確認していた。

名前は、セインとコレラ。

セインとコレラは、もともとそれほど成績的に優秀というわけではなく、のんびりと迷宮攻略をしていたところ、二人ともパーティーを組めなかったそうだ。

その結果、性格的に難ありで同じく余りものとなったゲルトとパーティーを組むことになり、今に至るそうだ。

「まーったく、大変なもんですよ。こっちは、別に生き急いではいないんですしねぇ」

とセインはため息まじりに言い、コレラも同じように息を吐く。

「ほんとほんとかなり大変なんだよね」

セインもコレラも回復と支援魔法が使えながら、近接戦闘を担当している。

近接戦闘もそれなりにこなせるようで、身のこなしなどは問題ない程度に上手だ。

自分たちのペースで成長したいという気持ちもわからないではなかった。

「あっ、でもでも有名クランさんとこうして関係持てたのは良かったかも？」

「あっ、そうです！　ルードさんのところって体験学習とかは受け入れているんですか？」

セインとコレラが目を輝かせながら問いかけてくる。

「体験学習？　なんだそれは？」

特に聞いたことのなかったものであり、俺が首を傾げているとゲルトが割り込んできた。

「実際のクランの仕事を体験させてもらうことっすよっ。私も有名クランで受けたかったっす！　ルードさんのところどうっすか!?」

……なるほどな。

学園を離れてクランで活動することで、わかることもあるだろう。

とはいえなぁ。

「うちは他のクランに比べて、クランらしい仕事はしてないぞ？」

「えぇ……？　そうなんすか？　高ランクの依頼とかバンバン受けて、魔物倒しまくって！　みたいなことできないっすか？」

「してないな」

ゲルトは俺の言葉を聞いて露骨にがっかりしていた。

さっき言っていたような依頼を受けたい彼女からしたら、うちの仕事なんて地味だよな。

「ルードさんのクランの仕事は、主にアバンシアの治安維持ですからね。ゲルトさんの言っていたようなことは絶対できませんよ」

ネミファンがふふんとどこか誇らしげに胸を張りながら現れた。

「詳しいな」

「大大ファンですから！　いいところみたいですよね、アバンシア！」

「……ああ、俺にとっては最高の場所だ。でもまあ、迷宮都市に慣れている人からしたら田舎(いなか)に感じちゃうかもな」

「ですが、それはそれで楽しそうですよね！　私も、ルードさんのところでクラン体験をしたいんです！　ダメですか!?」

「っていっても、やることはアバンシアの見回りくらいだぞ？」

後は、魔王たちの突発的な問題事があるくらいだ。

迷宮の管理もしています、なんて言えないしな。

「それでもいいです！　ルードさんのところで、戦い方を学びたいです！」

きらきらと目を輝かせるネミファンに、俺は苦笑を返すしかない。

「まあ、別に望むなら俺のほうは断ることはない、な」

「本当ですか!?」

「まあでも、本当に戦闘の指導くらいしかできないからな？」

「私予約しておきます！　絶対許可してください！」

「わかった、わかったから……」

ずいずいと顔を近づけてくる彼女に、俺は苦笑を返した。

顔を逸らした際にシャイナから羨ましそうな視線を向けられたが、もしかしたら彼女も来たいのかもしれない。

まあ、それはまた後で聞けばいいか。

休憩も終わったところで、俺たちは四十階層へと移動した。

六人の戦闘を見守る立場の俺たちは少し離れた後ろをついていく。

「キグラス、この階層に出る魔物は把握しているのか？」

「スカルコングっていう魔物だぜ。まあ、ゴリラの見た目をした骨の魔物だな」

キグラスとともに後ろから眺めていると、そのスカルコングが姿を見せた。

確かに、見た目はそのままだな。

「それでは、シャイナさんお願いします！」

ネミファンに対して、シャイナがデコイの魔法を使用する。

『挑発』こそ持っていないが、彼女はそうして剣と盾を持って近づく。

だが、それとほぼ同時だった。

「一撃で仕留めてやるっすよ！」

……飛び出したのはゲルトだ。ネミファンに獲物を横取りされたくなかったからだろうか。あるいは、自分が戦うことしか考えていないのだろうか？

指導者のキグラスを見てみると、彼は頭を抱えていた。

「何度も言ってんのにあのバカは」

「でも、なんか懐かしい感じだな」

「オレだって、てめぇの『挑発』が入る前から突っ込まなかったっての」

……わりと、際どかったけどな。

俺の場合はスキルということもあり発動が容易ではあるが、もしもデコイの魔法を使ってタンクを引き受けていたとしたら恐らくだが今のようになっていたのではないだろうか？

ゲルトの一撃は、かなりの威力でスカルコングを吹き飛ばしていた。だが、その一撃で倒れるほど中ボスは甘くはない。

すぐにスカルコングが体勢を立て直すと、苛立った様子でゲルトを睨んだ。

すぐにシャイナがデコイの魔法を準備するが、恐らく間に合わない。

「ラアアアアア」

スカルコングは全身骨のどこから声を発しているのかわからないが、雄叫びを上げる。

同時に地面を蹴り、ゲルトへと向かう。

「げっ⁉　セイン！　コレラ！　なんで支援魔法使ってないっすか⁉」

「いや、だって、最初の打ち合わせだとネミファンに支援魔法かけて注意を集めてもらって、その後でって話だったし……」

……だよな。

タンク役を強化し、敵の注目を集めてからアタッカーの動きに合わせるのが基本だ。

相手が通常の魔物ならアタッカーを強化してさっさと倒すということもできるが、ボスモンスターだからな。

そして、見たところ、今回のボスは全員が協力しないと倒せないくらいには強い。

ゲルトは攻撃を回避しようとしたが、かわしきれない。

「うがっ⁉」

悲鳴を上げながら、ごろごろと地面を転がる。……まだ外皮は残っているようだが、それでも結構なダメージをもらってしまったようだ。

だが、その間にデコイの準備とネミファンの準備が整った。

「私の支援魔法はまだ残っていますから、ゲルトの回復を優先してください！　クーラスも、私が注意を集めたところで攻撃お願いします！」

ネミファンがそう指示を出し、スカルコングの攻撃に合わせて盾を構える。

スカルコングが腕を振り下ろし、ネミファンが盾で受け止める。

……力は敵のほうが上だ。それを即座に判断したネミファンは、正面から受けようとはせず受け流した。

うまく、相手の力をいなして捌(さば)いていく。

注目が集まった。

クーラスが接近し、短剣を振り上げた。

スカルコングの腕を掠(かす)め、僅(わず)かに傷を作る。

注意が一瞬クーラスへと向いたが、それを妨害するようにネミファンが盾で体当たりをして弾き返す。

ダメージこそ微々たるものだが、スカルコングの怒りがネミファンへと集まる。

うん、三人の連携は問題ない。問題は、ゲルトだ。

「くたばれっす！」

先ほどやられた怒りもあるのだろう。

ゲルトが苛立ちを込めた一撃をスカルコングに叩き込む。

「まだ、次のデコイが用意できていませんから攻撃しないでくださいよ！」

「やれるときにやるのが鉄則っすよ！」

「むきーっ！　ちょっとは言うこと聞いてください！　事前の打ち合わせ聞いてました!?」

スカルコングにダメージはあるのだが、次の一手がなぁ。

ゲルトの攻撃がかなりの威力なのは事実であり、スカルコングの注目が一気に集まってしまう。

そのせいで、次の一手を打つのに時間がかかってしまう。

基本的にアタッカーの攻撃に合わせ、デコイや『挑発』を使うことで相手の意識をアタッカー以外に集めることができるのだが……再度魔法を撃つのが間に合っていないな。

ゲルト以外も攻撃をしているが、スカルコングにはほとんど通っていないので……倒すならゲルトの協力が必須になりそうだ。

それでも、今度のゲルトの攻撃はかなりのダメージを与えたようでスカルコングもすぐに体勢を立て直すようなことはない。

動けない様子のスカルコングを見て、ゲルトは笑みを強めている。

「一気に決めるっすよ！　ほら、支援魔法使えっす！」

笑顔とともに指示を出したゲルトに、ネミファンは小さくため息をつく。

「ゲルトさんを援護してください！　次の一撃で決めましょうっ！」

ネミファンの指示に合わせ、皆の魔法がそれぞれそれを強化していく。

デコイによってネミファンにスカルコングの注目が集まる。それとほぼ同時にゲルトが強化される。

「ガアアア！」

雄叫(おたけ)びを上げながらスカルコングが飛び掛かる。ネミファンが構えていた盾で受け止める。

顔を顰(しか)めながら、その攻撃を押し返すように力を込める。

……ネミファンの力で押し返すのは難しい。事実押しつぶされそうになっていたのだが、ネミファンの表情に焦りはない。

スカルコングが一気にネミファンを押し潰そうと力を込めたが、ネミファンは倒れない。

……わざと、だ。

ネミファンはわざとスカルコングの攻撃を引き付けるために、あえて正面からぶつかった。

スカルコングはネミファンをあと少しで倒せると思い、さらにネミファンに注目が集まることになる。

ネミファンによる見事な罠。そこに襲いかかるは、力を込めたゲルトの一撃。

ゲルトが斧を振りかぶり、それをスカルコングへと叩き込もうとした瞬間だった。

嫌な魔力が、辺りを覆っていく。

「…………このまま終わったのでは、面白くありませんね。ええ、面白くありませんね」

どこか聞き覚えのあるそんな声に、俺は思わず眉を寄せる。

それとほぼ同時だった。

スカルコングから生み出される魔力が一気に膨れ上がる。

……まるで、誰かによる支援魔法でも受けたかのように。

ゲルトの力を込めた一撃は、スカルコングの片腕にいともたやすく止められる。

異変に気づいたのは、俺だけではない。

「なんかやべぇ気がしないか？」

「……ああ、行くぞ」

すぐに地面を蹴った俺たちだが、距離がある。

その瞬間だった。キグラスが声を上げる。

「ルード！　少し外皮借りてもいいか!?」

「ああ、大丈夫だ」

恐らく、キグラスはスキルを使うのだろう。

俺はキグラスに向けて、『犠牲の盾』を発動する。

同時だった。キグラスの体から強い力が感じられると、彼の体が加速した。

「……『ライフバースト』」

呟くようにキグラスが言うと、彼は地面を蹴り付け一気にスカルコングとの間合いに割り込む。

俺も即座に魔力で全身を強化し、同じように地面を蹴る。

「下がれゲルト！」

キグラスが叫びながら剣を振り抜くと、スカルコングが腕で受け止める。

再び攻撃しようとしたスカルコングだが、俺が横から大盾で殴り飛ばす。

スカルコングがよろめいた。

その次の瞬間、キグラスがこちらをチラと見てくる。軽く頷くと、彼の剣に強い光が集まっていく。

「『ライフバースト』！」

彼が叫んだ瞬間、その剣から溢れた光がスカルコングを吹き飛ばす。

……だが、スカルコングはまだ倒れない。

さっきまでのスカルコングなら、確実に死んでいた。

「ルード！」

「ああ！」

俺は大盾に『生命変換』を発動し、スカルコングへとぶつける。

削られていた外皮による一撃は、キグラスの『ライフバースト』に負けず劣らずの威力でスカルコングを吹き飛ばした。

その体が崩れていく。だが、まだ起き上がる。

キグラスは小さく息を吐き、彼の体に残っていた力を剣に集めると、思い切り振り下ろした。

彼の剣から斬撃が飛ぶ。高威力で放たれたそれは、体を起き上がらせようとしていたスカルコングを吹き飛ばし、仕留めた。

……どうやら、問題なさそうだな。

「……最後は、スキルを使っていなかったよな？」

俺の外皮は、削られていない。

「いや、『ライフバースト』だ。このスキル、結構便利だな。外皮を消費して肉体の強化とか色々できてな。最初にルードにもらってた力がまだ体に残っていたから、そいつを放出したってわけだ」

少し得意げに話しているキグラスに、俺は納得する。

……なるほどな。『ライフバースト』はそういう使い方もできるんだな。

「とりあえず、全員。ルードの外皮を回復してやってくれ。ゲルトが喰らったぶんも引き受けてくれたから、相当削られてるはずだぜ」

……確かにな。最初に喰らった一発で、だいたい2000くらい持っていかれていた。キグラスの『ライフバースト』と合わせて、5000くらいは削られてしまった。

キグラスの言葉に皆が回復魔法を使ってくれる。この調子なら、すぐに外皮は回復しそうだ。

ニンなら一瞬で治療してくれるが、そこは比べてはいけないだろう。

そんなことを考えながら、へたりと座り込んでいるゲルトに声をかける。

「とりあえず、怪我はないか？」

「……うっす」

「たまに、ああいう例外もあるんだ。無謀に突っ込んでいると、思わぬ攻撃を喰らうこともあるんだからな」

「……はい。その……ありがとっす。外皮で受けてくれて……」

「気にするな」

恥ずかしそうにお礼を言ってくれたゲルト。

これで、少しは暴走癖がなくなってくれればいいものだ。

結果的には良い戦いができたな。ネミファンたちにも多少の緊張感を持ってもらうことができたはずだ。

とはいえ、さっきの声と魔力は一体。

あの声は……そう思っていたときだった。

「やはり、強い力を持っていますね」

再び、辺りを強い魔力が満たしていく。

一瞬脳裏に浮かんだのは魔王という言葉。

だが、これまでに感じたことのある魔力とはどこか異なる。

次の瞬間だった。俺たちの眼前に姿を見せたのは、一人の女性。

「メロリア、様？」

そこにいるのは紛れもなく、メロリア様だ。

だが、一つだけ違うのは、その背中。

彼女の背中には、白い翼のようなものが生えている。

「なんでここにあなたがいるんですか？」

本物、だろうか？　それとも——こちらを動揺させるために見せた幻覚……？

「ルードの力を試すように言われていたからですよ」

「誰にですか？」

「天使、とでも言っておきましょうか」

彼女の言葉に隣にいたキグラスが首を傾げていた。

天使。

アモンから聞いていたその名前に、俺の警戒心が強まっていく。

「いけませんよ、ルード。魔王たちと関わっていては、あなたの人生に害を与える存在です」

「……あなたは本当にメロリア様、ですか？」

「ええ、ルードのよく知るメロリアですよ。ですが、同時に天使の力を持って生まれた人間でもあります」

「天使の、力ですか？」

「ええ。この国の貴族の中でも特に王家の人間や公爵家の人間たちの遠い先祖には天使の血が混じっています。私たちは直接天使から力を与えられた存在として、人間を正しい道に導くことが役目なのです」

……頭が混乱してきた。

難しい話はあまり好きじゃないが、とにかく今考えなければいけないのはこの状況だ。

心配はあったが、その問いかけをしないわけにはいかないだろう。

「その、天使の力を持ったあなたが、どうしてここにいるんですか？」

「ルード。あなたが今行動を共にしている魔王たちと縁を切りなさい。あれらは、人間に害を与える存在です」

普段見ることのない厳しい表情とともに、メロリア様が冷たく言い放つ。

……いくら相手がメロリア様であっても、その言葉に素直に首を縦に振るわけにはいかない。

「……彼らは俺の大切な友人で仲間です」

メロリア様に毅然と言い返すと、彼女は残念そうに息を吐く。

「そうですか。……それでは、残念ですがルード。……あなたには、消えてもらう必要があります。正しい世界を維持するのに、あなたの存在はよくありません」

「何も、彼らのことを知らないのに一方的に決めつけるのはやめてくれませんか？……彼らだって、普通の人間と同じです」

「……ルード。あなたは優しすぎます。彼らはどこまでいっても悪なのです」

「そうとは思えません」

「やはり、あなたを魔王たちから切り離すべきですね」

俺はメロリア様に対して、盾を向ける。メロリア様は小さく息を吐き、翼を大きく動かすと右手に持ったレイピアを構える。

メロリア様の翼に力がこもった、次の瞬間。

俺の眼前に現れた。

同時に振り抜かれたレイピアに俺は大盾を合わせて受け止める。

重い、な。

「ルード、あまり抵抗はしないでほしいです。あなたに救いを与えたいだけなのです」

「……」

「天使として、あなたを正しい道に戻します。あなたの穢(けが)されてしまった体に介入し、すべてを魔王たちと出会う前に戻しましょう」

「そんなこと、させるわけないでしょう……っ」

メロリア様が翼を動かして後退した次の瞬間、羽根が矢のように襲いかかってくる。

大盾で受け止めると、側面にメロリア様が見えた。

……速い。後退した瞬間、レイピアの先が腕を掠(かす)める。

同時だった。キグラスがメロリア様の背後から切り掛かるのが見えた。

だが、攻撃はかわされる。

「クーラス！　回復を頼む！」

……完全に混乱して動けていなかった彼女たちに叫ぶとすぐにこちらを回復させようとしてくれた。

しかし、次の瞬間メロリア様から生み出された魔力が周囲を覆っていく。

その嫌な空気に顔を顰めていると、向こうから慌てたような声が響いた。

「あ、あれ？　ま、魔法が使えないわ……っ」

クーラスが完全にパニックになったようで、俺は思わず眉を寄せる。

「どういうことだ……？」

「あなたたちの魔法やスキルは封印させてもらいました」

「そんな……っ」

驚いたようなクーラスの言葉に、メロリア様は微笑む。

「もともと人間の力は天界より与えられた力ですから。抵抗できるのは同じ天使くらいのものですよ」

だからといって、ここまで自由にやられては、な。

……ただ、少し気になるのは俺のスキルはまだ発動していることだ。

メロリア様の連撃を大盾で受け止めていたが、その体からは想像できない力に弾かれる。

体勢をすぐに戻しながら、状況を確認する。

……俺は、大丈夫だがネミファンたちは戦えない。それに、そもそもメロリア様も彼女らを狙う様子はなさそうだ。

ゆったりとこちらへ迫ってくる彼女の狙いは、完全に俺だけのようだ。

「ルード。あなたは魔の者たちの力を使っているようですね」

「……そういうこと、ですか」

だから、俺の力は封印できていない、ということなのかもしれない。

とはいえ……。さすがに一人じゃどうしようもない。

このままでは、じわじわと外皮が削られるだろう。

……かといって、魔力で強化していくことも。

全身を覆うほどの強化となると、長時間の戦闘はできない。決め切れなければ、俺の打つ手がなくなる。

それなら……他の手を打つしかない。

まずは、仲間を集めるんだ。

この迷宮内にいるはずの、皆を。

「メロリア様……魔王について、改めて聞いてもいいですか？」

「なんでしょうか？」

「彼らは、これまでに俺やマニシアを助けてくれました。……そのおかげで、今の俺たちがいるんです。……それでも、彼らは悪なのですか？」

「ルード。騙されてはいけないと言いましたでしょう」

「ですが！」

「駄目です。駄目ですよルード。彼らはそうやって人間に取り入ろうとするのです」

「ですが、結果的にマニシアは助かりました。……天使であるあなたでさえ、治療することのできなかったマニシアを」

……天使や神がいるのなら。

どうして、俺のマニシアをあなたは助けてくれなかったんですか。

俺の言葉を受け、メロリア様は露骨に表情を苦しそうに歪めた。

「それは……彼らにとって都合が良かったのです。ブライトクリスタルで強化された人は魔の者に近い肉体構造となります。新たな魔王を生み出すために利用されてしまったのです。ルードも、マニシアも……」

「だとしても……今のマニシアは元気で世界で一番可愛いです。……あなただってマニシアがそんな風に笑っていられるのを望んで」

「……すべての、人間には役割があります。生まれた瞬間に、その役割が決まり、それを全うしてもらいます。決して、その螺旋から外れてはいけません。秩序を乱すようなことがあれば、世界に歪みが起きます」

「だから、マニシアを助けないんですか？　だったら……俺は、そんな天使も神も、興味ありません」

俺の言葉に、メロリア様は唇をぐっと噛んだ。

それから、彼女は首を横に振り、レイピアを持ち直す。

「すべて……すべて、一度やり直しましょう。ですので、大人しくしていてください」

彼女の振り抜いたレイピアに合わせ、俺は大盾を構える。

だが次の瞬間、背後からメロリア様へ一瞬で迫る男が現れた。

キグラスだ。

キグラスの一閃は予想外だったのか、メロリア様はそれを外皮で受けた。

大きく弾かれながら、彼女は顔を顰める。

「あなたのスキルも封印しているはずですが」

「別にスキルだけがすべてじゃねぇだろ」

キグラスはそう言ってから、剣を構え直す。

「こっちは、色々あって鍛え直したんだよ。……スキルに頼らないでもある程度戦えるくらいにはな。あいにく、オレのスキルは一撃必殺にはいいが、燃費のいいもんじゃねぇからな」

キグラスは剣を構えながら俺の隣に並ぶ。

「っていっても、ルード。悪いがアタッカーはできねぇぞ……マジで不意打ちするのがせいぜいだからな。覚悟しろよ」

……キグラスは警戒した様子でメロリア様を見ながら、情けないことを口にする。

「……キグラス。いいのか、俺に手を貸しても」

「天使とか魔王とか……正直よくわかんねぇからな。ここで、おまえへの借りでも返しておきてぇしな」

「ありがとな」

「何か作戦はあるのか？」

「とにかく、時間を稼ぎたい」

「稼いでどうするんだよ？　メロリアを宥めるのか？」

「……一応、もう手は打ってある」

「それなら、回避に専念するとするか」

キグラスが息を吐き、剣を構える。

メロリア様はそれから何度か呼吸をしてから、こちらを睨む。

同時、また最高速で迫ってくる。

キグラスは……すべて寸前でかわしている。……彼がどうして勇者と呼ばれたのか。

それは、スキルが強力だからだけではない。

その圧倒的な戦闘センスだろう。

キグラスは目で攻撃をかわしているのではない。

……俺がパーティーを去ったときと違い、引き締まった体。

俺たちが戦っていた時間、キグラスも同じように自分を鍛え直していたのだろう。

彼は笑顔を浮かべながらメロリア様のレイピアをかわし、剣を振る。受け止められたが、同時に俺が大盾で弾き飛ばした。

メロリア様はすぐに体勢を戻したが、僅かに苛立ったようで頬を膨らます。

「……まったく。ルードは昔から私の言うことを聞いてくれませんね」

次の瞬間、彼女から魔力が溢れ出していく。

「さすがに、何もできない状況でこの魔法を受け止められるとは思いませんが」

メロリア様は……近接での戦闘で決着をつけるのはやめたようだ。

高く飛び上がった彼女は、自分の頭上に太陽のような光の玉を生み出していく。

「……あれは、やべぇぞ！」

「なんとか俺の盾の後ろに下がって耐えてくれ！」

「おまえは耐えられるのかよ!?」

……魔力を使って全力で強化すれば、なんとかなるかもしれない。

その後に打つ手はなくなるが、まずはここを耐え抜かなければ意味がない。

俺は全身の魔力を体に纏わせていく。そのときだった。

「これでも喰らいなさい……っ！」

メロリア様が叫んだ次の瞬間。

光の玉が地上へと落とされる。圧倒されるほどの威力のそれに大盾を合わせようとしたとき、結界のような障壁が生み出された。

……間に合ったか。

「まったく。いきなりモーから連絡来たと思ったら天使に襲われてるって……」

声のするほうへ視線を向けると、そこにはニン、ルナ、マリウス、イルラの四人がいた。

「……ニンッ！」

メロリア様が顔を顰めながら、叫んでいた。

「マスター！　無事で――」

「マスター！　無事でよかったのよ！」

涙まじりに抱きついてきたのはイルラだ。

ルナが押し除けられ、不服そうに頬を膨らませている。

……とりあえず、今集められるメンバーは揃ったな。

ニンがちらと空中に浮かんだままのメロリア様を見て言った。

「ルード、状況さっぱりなんだけど……なんでメロリア様を見てメロリアに襲われてんのよ？」

「……メロリア様が天使の力を持って生まれた存在、だからららしい」

「よくわかんないんだけど？」

「ひとまず、あいつを黙らせてから聞けば良いのではないか？」

マリウスは笑顔とともに刀を抜いている。

「……ま、そうよね」

……話の早い人たちで助かるな。

「……ただ、気をつけてくれ。メロリア様は、天使の力で魔法やスキルを封印できるみたいなんだよ」

「……そうなの？　でも、あたしまったく封印されてないわよ？」

「私もです」

「魔の力を使える人は問題ないみたいなんだけど……」

……ニンやルナもアモンから魔法の使い方を教わったことがあるし、そんなところなのか？

そんなこと考えていると、キグラスが顔を顰めた。

「……いや、オレのスキルも問題なくなってるな」

「……どういうことだ？」

俺はちらとメロリア様を見る。

……単純に封印する力を使っていない、ということか？　いや、それにしては彼女はやけに慌てた様子でニンを見ている。

「……」

いや、待てよ。さっき、メロリア様は言っていたよな。

天使の力に抵抗できるのは、同じ天使の力を持つ人くらいだ、と。

天使の力は、王家や公爵家の人たちならその力を持っている可能性がある、とも。

ニンは公爵家の三女だ。

まさか――。

「……ニン。おまえは天使……なのか？」

「え？　天使みたいに可愛いって？」

ウインクしてくるニンに首を横に振る。

「違う。さっき、メロリア様が話していたんだ。王家や公爵家の人間には天使の血が混ざっている、そして天使の力に抵抗できるのは同じ天使くらいだって」

「知らないわね、そんな話。まあ、儲けもんね」

そんなちょっと小銭でも拾ったみたいな反応で済ませる話ではないのだが……。

まあ、いいか。

「そう、だな。……ここから、反撃できるってことだけ考えておけばいいな」

「そういうことよ」

メロリア様はしばらくじっとした様子でその場からこちらの様子を窺っていた。

おかげで、こちらも準備ができた。

「……マリウス、キグラス。目的はメロリア様の外皮を削ることだからな？　間違ってもやりすぎないでくれよ」

「片腕くらいなら問題ない、ということか？」

「やりすぎだ」

「難しいものだな」

「まあ、外皮をぶっ壊せば衝撃で吹っ飛ばせるはずだぜ」

「知ってるのか？」

「実体験だ」

苦々しい顔でキグラスが剣を構える。そして、『ライフバースト』を発動したのだろう、能力が強化される。

「キグラス、今後は俺の外皮を使ってくれ」

「なんだいいのか？」

「そうすれば、ニンの回復も俺に集中させられるからな」

回復を全体に行き渡らせるよりも、そのほうが簡単だろう。

メロリア様が魔法を放つと、即座にニンとルナとイルラが魔法を弾(はじ)き返す。

同時に、ルナとイルラは俺たち前衛に支援魔法も使用してくれる。

……一気に体が軽くなった。さらに言えば、『犠牲の盾』の効果を含めたからか、キグラスの動きが見違えるほどになった。

「どうした！」

「くっ！」

キグラスは『ライフバースト』で強化された肉体を使い、力でゴリ押ししていく。

まさにその戦闘スタイルは、ゲルトに似ているがゲルトとは違い圧倒的な力強さがあった。

そして、その合間を縫うようにしてマリウスの刀が迫る。

「邪魔を、しないでくれますか！」

メロリア様が叫んだ瞬間、その体から溢(あふ)れる力が増幅する。

こちらへと迫る衝撃波を俺は、大盾で受け止め、弾き返す。

かなりの力だ。

だが、メロリア様の先ほどの様子から見て、あまり余裕があるようには思えない。

「キグラス！　一気に決める！　マリウスは露払いを頼む！」

「「ああ！」」

俺、キグラス、マリウスの三人で一気に突っ込む。

メロリア様が放った羽根がいくつも襲いかかってくるが、正面から来るのは俺が大盾で吹き飛ばす。

さらに、ルナ、イルラの支援魔法が俺たちを強化する。

「吹き飛びなさい……っ！」

メロリア様の叫び声とともに放たれたのは、片腕から放出された光魔法。

俺たちへと迫るそれは、ニンの放った魔法とぶつかる。

お互いの魔法がぶつかり合い、そしてニンの魔法がメロリア様の魔法を吹き飛ばした。

「これで決めなさいよあんたたち！」

……助かったよ。

「相変わらずの馬鹿みたいな魔法だな！」

キグラスが笑顔とともに『ライフバースト』を放つ。

それを防ぐようにメロリア様がレイピアを合わせるが、そこにマリウスが割り込んで刀を振るう。

そして、キグラスがメロリア様の側面に回る。

「その外皮、全部削らせてもらうぞ！」

「……くっ、『プロテクトシールド』！」

メロリア様がスキルを放つと、結界が生み出される。

だが、キグラスはそれに対して、『ライフバースト』を叩き込んだ。

激しい音を上げ、メロリア様の結界にぶち当たると、ミシミシと音を立てる。

「舐めないで、くれますか！」

メロリア様がさらに力を込めた瞬間、キグラスとマリウスが弾かれる。

……だが、その結界はすでに崩壊寸前だ。

そこに、『ライフバースト』と同程度の威力の攻撃を叩き込んだらどうなる？

俺は全身を魔力で強化する。全身を鎧が包んでいくなか、俺は地面を思いきり蹴り付け、大盾を振り抜いた。

『生命変換』。

これまでに食らっていたダメージと、先ほどのキグラスが使用した外皮。

それらによる合わせ技をメロリア様に叩き込むと、メロリア様の結界が壊れた。

「まさ、か……こんな力技で……っ」

俺はそのままメロリア様の体の前で、大盾を止める。

「……ルード」

「メロリア様……俺にとっては、天使も魔王も関係ありません。……友人なのか、仲間なのか、他人なのか。その人が信頼できるのか……それだけなんです」

メロリア様がじっとこちらを見てきて、それから小さく言った。

「……マリウスやアモンといった魔王たちを信頼できる、というのですか？」

「メロリア様。魔の者の中には、確かに酷い人たちもいると思います。ですが……そういう奴らだけじゃありません」

グリードやヴァサゴなど、自分勝手に生きる奴らがいるのも事実だ。

それで、どれだけの人に迷惑がかかっているのかもわかっている。

それでも、それらを一緒にしてはいけない。人間だって、犯罪者がいるからといってすべての人間が悪者ではないだろう。

俺はじっとメロリア様を見て、伝える。

「あなたが信頼している俺を、信じてくれませんか？」

「……」

メロリア様は小さく息を吐いてから、レイピアから手を離した。

そして、彼女は諦めるように目を閉じた。

「私の中にある天使の力は、魔王を嫌っています。……ですが、私はルードのことを信頼

しています。今は、そういうことでいいですか?」

メロリア様は、自分自身に言い聞かせるようにそう言っていた。

それは、恐らく彼女の中にある天使の力についてなんだろう。

……メロリア様はそれから小さく頷いて、天使の翼をしまった。

それで、俺たちの戦いが終わったことを告げてくれた。

エピローグ　天使

色々と話さなければならないことはあったが、ひとまず俺たちは迷宮を脱出した。

あのまま迷宮に残っていても、仕方ないからな。

学園へと戻った俺たちは、学園長室でひとまずキグラスを始め事情を知らない人たちに俺やマリウスたちのことについて話していった。

『……』

……さすがに皆理解が追いつかない様子だった。

まあ、仕方ないだろう。これまで起きてきたことのすべてを俺も他人から聞かされたら同じ反応になるはずだ。

「ちなみに、このことは口外禁止です。あっ、それでしたら記憶のほうをいじってしまったほうが良かったですかね？」

笑顔で言うメロリア様に、六人は首を横に振っていた。

話を聞き終えたキグラスは、じっとマリウスを見ていた。それに気づいたマリウスは、笑顔を浮かべる。

「なんだ？　戦いたいのか？」

「い、いや……いい」

キグラスは頬をひくつかせながら、首を横に振る。

「ひとまず、そういうことです。とりあえず、今日で依頼の期間は終わります。また今度お願いするかもしれませんが」

俺たちは学園長室を後にした。

俺はたまたまキグラスと並ぶように歩いていた。

「まあ、なんだかんだゲルトもちょっとは反省したみたいだし良かったな」

「そうだな。それは一番の手柄だったのかもしれねぇけど……なんか、色々ありすぎてな」

あの六人でパーティーを組めればバランスも良さそうだ。

お互い、危機を乗り越えたこともありいいパーティーになりそうな気もしていた。

「まっ……久しぶりに一緒に戦えて良かったぜ」

「俺も……だな」

僅かに恥ずかしそうにしていたキグラスがさっさと歩いていく。

すぐに離れていった背中だが、いつでも会えるだろう。

そんなキグラスと入れ替わるように、ニンが隣に並ぶ。

「なんか、色々あったわね」

「……色々ありすぎたな」

「あとでまた詳しく話を聞くとして、天使ねぇ。あたしにも天使の力があるってメロリア言っていたけど、あたし何も感じないわよ？」

実際、メロリア様の力を無効化させていたあたり、ニンにも天使の力はあるのかもしれない。

「まるで何も感じないのか？」

「ええ。天使の翼とかも生えなそうだし……ていうか、あたし、高いところ嫌いだから翼生えても使い道ないわね」

「でも、飛べれば嫌いじゃなくなるかもしれないぞ？」

「いや、絶対無理」

ニンが顔を顰(しか)めながらそう言って、俺は思わず笑う。

……天使、か。

少し不安に思っていたが、ニンの様子は問題なさそうだな。

「まあ、とりあえずアモンに言われていた天使についても、メロリアから色々聞けばなんとかなりそうね」

「……そうだな」

天使が、どのようなことを考えていてこれからどうしようとしているのか。

メロリア様のように俺たちを狙うようなことがあるのだろうか？

考えることは色々とあったが、ひとまず皆元気に戻って来られたわけだし、今は難しいことは考えなくてもいいだろう。


〈『最強タンクの迷宮攻略 8』へつづく〉